暗い庭

聖人と亡霊、魔物《ドゥエンデ》と盗賊の物語

ラモン・デル・バリェ=インクラン

花方寿行［訳］

JARDÍN UMBRÍO

Ramón del Valle-Inclán

Historias de santos, de almas en pena, de duendes y ladrones

国書刊行会

暗い庭　目次

装丁
岡本洋平（岡本デザイン室）

装画
Giovanni Battista Piranesi
“The Triumphal Arch”
“The Monumental Tablet”
in *Grotteschi*
ca.1748

暗い庭　聖人と亡霊、魔物《ドウエンデ》と盗賊の物語

私の祖母の下で、ミカエラ・ラ・ガラーナというとても老いた未婚の女性が働いていた。私がまだ子供だった頃にこの世を去った。思い出すのは、窓框《まどがまち》で糸を紡ぎながら何時間も過ごしていたこと、そして聖人と亡霊、魔物《ドウエンデ》と盗賊にまつわる数多くの物語を知っていたことだ。今から語るのは、皺だらけの指で錘《つむ》を回しながら彼女が語ってくれた話だ。これらの純心で悲劇的な神秘の物語は、我が幼年時代の歳月を通して夜になると私を震え上がらせたもので、だからこそ忘れられずにいる。今でも時折私の記憶の中で起き上がり、あたかも静かで冷たい風が上を通り過ぎるかのように、枯葉の如き長い囁き声を立てる。打ち棄てられた古き庭、暗い庭の囁きを！

フアン・キント

Juan Quinto

ミカエラ・ラ・ガラーナはフアン・キントの話をたくさんしたが、かのならず者は彼女が若い娘だった時分、サルネスの地一帯を震撼させていたものだった。その話の中にいかにしてある晩、暗闇に乗じて、サンタ・バヤ・デ・クリスタミルデの司祭館に盗みに入ったかというのがあった。サンタ・バヤの司祭館は教会の隣、墓石が敷き詰められオリーブの木々が影を落とす柱廊《アトリオ》に囲まれた前庭の奥にあった。ミカエラが語る物語の当時、司祭はラテン語と神学に通じた還俗修道士の老人だった。大金を貯め込んでいるという噂があり、祭り《フエリア》では葦毛の牝馬《ひんば》に乗り、鞍鞄をいつもチーズで一杯にして、紳士的な態度で言葉巧みに取引をする姿が見かけられたものだった。フアン・キントは司祭から金を盗もうと、元修道士が暑い時節には開けっ放しにする習慣だった窓によじ登った。ならず者は両手両脚を使って塀を這い上がり、歯で短刀を咥《くわ》えて窓の下枠に身を乗り上げた時、教区司祭《アバド》がベッドで身を起こし欠伸《あくび》をしているのを目にした。ファン・キントははや短刀を構え、猛々《たけだけ》しい叫びをあげて部屋の中に飛び込んだ。床板は夜があらゆる物音を伝えるあの背筋の寒くなる魔法がかけられているような音を立てて軋《きし》んだ。ファン・キントはベッドに近づき、老いぼれ坊主が落ち着いた目を大きく開いてこちらを見ているのに気づいた。

「どんな邪《よこしま》な考えを持ってここに来たのかな、やんちゃぼうず?」

ならず者は短刀を振り上げた。

「俺の考えはな、あんたに隠している金を出させようってんだ、教区司祭様」

坊さんは陽気に笑った。

「おまえはファン・キントだな!」

「気づくのが遅せえ」

ファン・キントは背が高く、力が強く、颯爽として、細身だった。銅色の髭に、二つのエメラルドのような緑の、大胆で、熱狂的な瞳をしていた。街道では口の達者な商売人や行商人の間でとても度胸のある奴だと評判になっていた男で、還俗修道士は今自分をじっと見つめ、脅しに短刀を振りかざしたこのならず者のしでかした、あらゆる大仕事をよく知っていた。

「俺は急いでいるんだ、教区司祭様。金袋を寄越《よこ》すか、命を寄越すかだ!」

教区司祭は十字を切った。

「おいおい、おまえは頭の捻子《ねじ》がいかれとるな。何杯引っかけてきた、自堕落者が。おまえの悪行は知っとったよ、たくさんの信徒が困っていると訴えにやって来るからな……とはいえ、やれやれ、おまえが酔いどれだなんて聞いていなかったぞ！」

フアン・キントはいきなり激高して叫んだ。

「教区司祭様よ、「我は罪人《つみびと》なり」を祈るんだな！」

「おまえが祈るがいい、おまえの方が必要だろう」

「てめえの喉をかっ切ってやる！　舌を突き刺してやる！　腎臓を食ってやる！」

教区司祭は穏やかなまま、枕の間で身を起こした。

「野蛮なことはやめときなさい、やんちゃぼうずが！　そんなにたくさん生肉を食って何の得がある？」

「ふざけて誤魔化そうとするなよ、教区司祭様！　金袋か命だ！」

「わしに金はないし、持っていたとしてもおまえのものにはならん。堅気に土地を耕すがいい！」

フアン・キントは還俗修道士の頭上に短刀を振りかざした。

「教区司祭様、「我は罪人なり」を祈れ」

教区司祭は遂に、皺だらけの眉間にさらに皺を寄せた。

「そうする気にはなれんな。酔っ払っとるんなら、とっとと帰って寝潰れるがいい。そして今後はわしの年齢と、わしが敬うべき教会関係者だということを考慮して、もっと敬意を払うべきだと学ぶがいい」

かの大胆で乱暴なならず者は一瞬黙り込み、それから驚きにくぐもった声で呟いた。

「あんたはフアン・キントがどんな奴だか知らねえんだ！」

答えを返す前に、還俗修道士は相手を上から下まで、厳かな寛大さを示しながら眺めた。

「おまえ自身よりよく知っとるよ、悪しきキリスト教徒め」

相手は無力な怒りを込めて言い募った。

「俺はライオンだ！」

「猫だよ」

「金は！」

「ない」

「金を奪《と》らずに出て行く気はねえ！」

「そう言われたからって、おまえを泊めてやる気もない」

窓には朝日が差してきて、雄鶏たちが曙を破って鳴き始めた。フアン・キントは周囲をぐるり、出家者が寝ていた広い部屋を見回して、引き出し付きの棚を見つけた。

「金の在処《ありか》はもう見つかったようだな」

坊さんは咳をした。

「今頃になってかい」

そうしてゆっくりと服を着ながら、ラテン語で祈り始めた。時々、十字を切りながら、あちらこちらと探し回っている盗賊に目を向けた。坊さんは皮肉たっぷりに微笑むと、低い声、重々しくぞめく声で呟いた。

「探せ、探せ。わしには明るい昼の光の下でも見つからんものを、おまえは手探りで見つけようというんだからな！……」

服を着終えると、夜明けの様子を見にテラスに出た。鳥たちが歌い、草が揺れ、全てが日の出と共に生まれ出でていた。教区司祭は棚を探し続けていたならず者に怒鳴った。

「聖務日課書を持ってきてくれ、やんちゃぼうず」

フアン・キントは聖務日課書を持って現れ、教区司祭はそれを受け取りながら、寛容さをいっぱいに示しながら諭した。

「それにしても誰がおまえにこんな悪い道に進むよう勧めたのかね？　土地を耕すんだよ、ぼうず！」

「俺は土地を耕すために生まれたんじゃない。貴族の血が流れてるんだ！」

「それなら縄を買って首を括《くく》るんだな、盗みの役にも立たんのだから」

　こう言うと坊さんはテラスの階段を下り、教会に入ってミサを挙げた。山々を越えて朝が来て、早朝の活気の中多くの鐘楼が神に挨拶をしていたので、フアン・キントは猟犬のように身を屈《かが》めて、玉蜀黍《とうもろこし》畑を抜けて逃げ出した。そして純心で瑞《みず》々《みず》しいこの同じ朝に、サンタ・マリア・デ・メイスの街道で行商人を殺して金品を奪った。ミカエラ・ラ・ガラーナはこの話の結びに、十字を切って声を潜め、歯のない口で呟くように、フアン・キントの系図を思い出して語った。

「いい家の出じゃった。レミルゴ・デ・ベアロの息子で、サン・パヨ橋の戦いで今は亡き領主様にお供したペドロの、その孫に当たった。さてそれじゃあ、死者と生者のために主の祈りを唱えようかね」

三賢王の礼拝

La adoración de los Reyes

おいで、おいで、三賢王
最高の宝石が見られるよ
小さな宝飾品《かざり》のような
一人の男の子を
あんまりその子が可愛くて
生まれたとたんに日が陰る。

日没以来焚火の周りで牧夫たちの讃歌の声が上がり、日没以来、とある丘陵の上に不動のものとして出現したあのもう一つの光に導かれ、三賢王が道を進んでいた。白い駱駝《らくだ》に騎乗して、三人は夜の穏やかな涼気の下、沙漠を横切って進んだ。星々は空に輝き、王冠の宝石は彼らの額に輝いていた。微風《そよかぜ》が浮き出し刺繡を施されたマントをはためかせた。ガスパールのはコリントの紫色だった。メルキオールのはティロの紫色だった。バルタサールのはメンフィスの紫色だった。黒人奴隷たちが、砂にサンダルを埋めつつ徒歩で進みながら、緋色の革の頭絡《とうらく》に片手を添え駱駝を導いていた。留めていない湾曲した馬勒《ばろく》の革紐が波打ち、その絹の房飾りの間で金の鈴が揺れていた。三賢王は一列になって騎行していた。エジプト王バルタサールが先頭を行き、その長鬚は胸元に垂れ、時として肩に掛けられていた……街の門に至り駱駝に膝を折らせ、そして三人の王は地に足を下ろし、王冠を脱ぐと砂上に祈りを捧げた。

そしてバルタサールは言った。

「我らが一日の旅の終わりが来たれり！……」

そしてメルキオールが言った。

「イスラエルの王として生まれし御方を仰ぎ奉らん！……」

そしてガスパールが言った。

「眼福により我らの全てが浄化されん！……」

そこで再び駱駝に跨《また》がり、ローマ門から街へと入り、星に導かれ嬰児《みどりご》の生まれたる厩《うまや》に至った。そこで黒人奴隷たちは、偶像礼拝者で何も理解しておらぬが故に、ぞんざいな口調で呼ばわった。

「開けよ！　我らが主人に扉を開けよ！」

そこで三賢王は鞍橋《くらぼね》の上に身を屈《かが》め奴隷たちに話した。三賢王は彼らに低い声で言ったのである。

「嬰児を起こさぬよう気をつけよ！」

するとあの奴隷たちは、畏れに満たされ、口を閉ざした。扉の前で動かずにいた駱駝たちが優しく蹄《ひづめ》で扉を叩くと、ほぼ同時にその古く香り高い杉《シーダー》の扉が音もなく開いた。こめかみが禿《は》げ上がり鬚の白い老人が敷居に姿を現した。オコジョの如きナザレ人《びと》の長き髪の上に後光輪が震えていた。そのチュニカは青くアラビアの空の如き星の刺繍を施され、マントはエジプトの海の如く赤く、身を支える牧杖は金で、その上端には銀製の三つの白百合が花開いていた。御前にあるのに気づき、三賢王は礼をした。老人は幼子のような無邪気な笑みを浮かべ、彼らに入口を空けながら、聖なる歓喜と共に言った。

「入られよ！」

白い駱駝に乗って東洋より来たりしかの三賢王は再度王冠を被り頭《こうべ》を垂れ、紫のマントを引き摺《ず》り胸の前で手を握り合わせながら、厩へと足を踏み入れた。金で刺繍された彼らのサンダルは調和の取れた音を立てた。嬰児は秣《まぐさ》入れの中、金色のライ麦の藁の上で眠っていたが、夢見つつ微笑んだ。その傍らには聖母があり、両手を合わせて膝を突き見守っていた。その衣は雲に似て、その耳飾りは炎の如く、そのマントには後光輪の光がゲネサレの青い湖のように燦《きら》めいていた。一人の天使が揺り籠の上にその光の翼を拡げ、嬰児の睫毛が金色の蝶の如く震え、三賢王は膝を突き拝みて後、嬰児の足に口づけをした。目を覚まさせぬよう、祈りの如く厳粛なる長鬚を手で嬰児から遠ざけた。それから立ち上がり、駱駝に戻って賜物を持ってきた――黄金と、乳香と、没薬《もつやく》を。

そしてガスパールは黄金を捧げながら言った。

「あなたを崇めるべく我ら東洋より来たり」

そしてメルキオールは乳香を捧げながら言った。

「我ら救世主に出会えり！」

そしてバルタサールは没薬を捧げながら言った。

「全ての生まれし者の中にありて、我ら幸運なる者と己を呼ぶことを得たり！」

そして三賢王は王冠を脱ぎ、秣桶の嬰児の足元に置いた。すると太陽と沙漠の風に灼《や》けた彼らの額が光に覆われ、宝石で飾られた輪が残した跡は、東洋で細工された王冠よりも更に美しい冠となった。……三賢王は讃歌の如く繰り返した。

「この御方こそまさに！……我らその星を見たり！」

そうして既に夜が明け始めていたので去るべく立ち上がった。ベツレヘムの野は緑に濡れ朝の平穏の裡《うち》に微笑み、この地に散在する村々の家並み、扉の格子に隠れて見えなくなりかけている遠くの水車、青い山々とその頂の雪が見えた。山々の上に輝くあの優しい太陽の下、村人たちは道を歩いていた。一人の牧人が雌羊の群をガマレアの牧草地へと導いてきた。女たちは壺《アンフォラ》を満たしてエフラインの井戸から歌いながら戻ってきた。疲れた老人が二頭立てで連れた雌牛を動かそうとつつくが、相手は足を止め生け垣の草をもぐもぐと噛むばかりで、白い煙が無花果《いちじく》の間から立ち上るようだった……奴隷たちは駱駝を跪かせ、三賢王は騎乗した。全く恐れることなく領地へと戻ろうとしていたところ、水車小屋の戸口に座って玉蜀黍《とうもろこし》の穂から実をほぐしていた老女と少女が遠くで歌う讃歌に気づいた。

そしてこれが二人の声が遠くで歌った歌だった――

進んでお行き、三賢王よ
外れた道を進んでお行き
だって街道伝いには
ヘロデ王が兵士を送ったから。

恐怖

El miedo

死の使者の如きその長く不安に満ちた寒気、真の恐怖の寒気を、私はただ一度だけ感じたことがある。それは何年も前、長子相続制《マヨラスゴ》の残っていたあの麗しき時代、貴族が軍人になるための教育が行われていた頃の事だった。私は士官候補生《カデット》*1の身分を表す飾り紐を獲得したばかりだった。できれば近衛部隊に入りたかったが母が反対し、一族の伝統に従い国王陛下の連隊*2の選抜歩兵となった。何年前の事だったか定かには思い出せないが、当時私は髭が生え始めたかどうかで、今や老いぼれ間近の齢である。連隊に入る前に、母は私に祝福を授けたいと望んだ。哀れな夫人は我らが先祖伝来の館のあったとある村落の奥に引き籠もって暮らしていたので、私はそこに粛々と従順に赴いた。到着したその午後に、母は館の礼拝堂に私の告解を聴きに来てほしいと、ブランデソの教区司祭を呼びにやった。妹のマリーア・イサベルとマリーア・フェルナンダはまだ少女だったが、薔薇を摘みに庭に降り、母はそれで祭壇の花瓶を満たした。そうして私を低い声で呼ぶと自分の祈禱書を渡し、良心を精査するよう言った。

「息子よ、バルコニー席にお行きなさい。あそこの方がいいでしょう……」

領主用のバルコニー席は左手の福音の外陣側にあり、図書室に通じていた。礼拝堂は湿気が酷く、暗闇に沈み、反響が大きかった。祭壇画の上には「山羊」または別名「老人」と呼ばれたブラドミンの領主、ペドロ・アギアール・デ・トールにカトリック両王から功績故に奉下された紋章が見えた。かの騎士は祭壇の右に埋葬されていた。墓には祈る戦士の像があった。聖堂内陣のランプは王たちの装身具の如く細工の施された祭壇の前で昼夜の別なく灯っていた。福音書の葡萄の金色の房は果実を一杯につけて差し出されているようだった。守護聖人は神なる幼子に没薬《もつやく》を捧げるあの慈悲心溢れる賢王だった。その金で裾飾りを施された絹のチュニカは、東方の奇蹟の敬虔な輝きで光っていた。ランプの光は聖者の方へ飛ばんと努めるかの如く、銀の鎖の間で囚われの鳥の臆病な羽音のような音を立てていた。母はあの午後自らの手で、自らの敬虔な魂の供物として、賢王の足下に薔薇で満ちた花瓶を置くことを望んだ。それから妹たちを伴って祭壇の前に跪いた。私はバルコニー席にいたので、消え入るような声でアベマリアを唱導するその声のさざめきを耳にすることができただけだった——しかし少女たちが復唱する番になると、儀式的な祈りの文句の全てが聞き取れた。午後は息を引き取りつつあり、祈禱は礼拝堂の静かな暗がりの中で、深く、悲しく、厳かに、キリストの受難の木霊《こだま》であるかの如く反響した。私はバルコニー席で微睡《まどろ》んでいた。少女たちは祭壇の階段に腰掛けに行った。その服は祭服の生地のリネンの如く白かった。もはやただ聖堂内陣のランプの下で祈る影が一つ見分けられるだけだった。それは母で、両手で開いた本を支え、頭を傾けて読んでいた。時折、風が丈高い大窓のカーテンを揺らした。私はその時、既に暗くなっていた空に月の面が、森や湖に祭壇を設け崇められる女神の如く超自然的に輝いているのを見た……

母は溜息をつきながら本を閉じ、再び少女たちを呼んだ。その白い影が聖堂内陣を横切るのを見、母の両脇に跪くのがぼんやりと見えた。開かれた本を再び支える両手の上に、ランプの光が弱い輝きを投げて揺れていた。静寂の中声は慈悲深くゆっくりと読み上げていた。少女たちは耳を傾け、衣服の白さの上に解け広がるその髪が、顔の両脇に同じように、悲しげに、ナザレ人《びと》の如く落ちているのを微《かす》かに認めた。居眠りしてしまい、突如妹たちの叫び声で飛び起きた。目をやると、聖堂内陣の中で母にしがみついているのが見えた。怯えきって叫んでいた。母は二人の手を摑み、三人は逃げ去った。急いで降りた。みんなの後を追うつもりだったが、恐怖に襲われた。戦士の墓で骸骨の骨がぶつかり合っていた。頭髪が逆立った。礼拝堂はこの上ないほど静まり返り、石の枕の上で髑髏《されこうべ》が転がる空《うつ》ろで悍《おぞ》ましい音がはっきりと聞こえた。今まで一度も感じたことのない恐怖を抱いたが、母と妹たちに臆病者だと思われたくなかったので、聖堂内陣の中に身動きせずに留まり、半ば開いた扉をじっと見据えた。ランプの光は左右に揺れていた。高処では大窓のカーテンが揺れ、雲が月の面を横切り、星々は我らが生命の如く点っては消えていた。突如彼方で、賑やかな犬の吠え声と鈴の音《ね》が聞こえてきた。重々しく教会人らしい声が呼ばわった。

「ここだ、カラベル！　ここだ、カピタン！」

それは私の告解を聴きにやって来た、ブランデソの教区司祭だった。それから母の怯えた声が聞こえ、犬たちがはしゃいで駆けるのがはっきりと分かった。重々しく教会人らしい声は、グレゴリオ唱歌の如くゆっくりと高まっていった。

「それでは一体何だったのか確かめてみよう……あの世絡みの事ではないだろう、確実にね……ここだ、カラベル！　ここだ、カピタン！……」

そうしてブランデソの教区司祭が、猟犬たちに先導され、礼拝堂の扉口に現れた。

「何が起きたのかな、国王陛下の選抜歩兵殿？」

私は押し殺した声で答えた。

「教区司祭様、墓の内で骸骨が震えるのが聞こえたのです！……」

教区司祭はゆっくりと礼拝堂を突っ切った。傲岸不遜な人物だった。若き日には彼自身国王陛下の選抜歩兵だった。白い僧服がはためくのを押さえもせずに私の下まで来ると、私の肩を片手でしっかりと摑み、私の血の気の失せた顔を見ながら、重々しく言葉を発した。

「国王陛下の選抜歩兵が震えるのを見たなどと、ブランデソの教区司祭に決して言わせるでないぞ！」

私の肩から手を上げず、そのまま二人とも動かず、話すことなく見つめ合っていた。その静寂の中で、戦士の髑髏が転がるのが聞こえた。私たちの側で犬たちは首の毛を逆立て耳を立てた。再び石の枕の上で髑髏が転がるのが聞こえた。教区司祭は私を揺さぶった。

「国王陛下の選抜歩兵殿、小鬼《トラスゴ》の仕業なのか魔女の仕業なのか、調べねば！……」

そうして墓に近づき、墓石の一つ、墓碑銘の刻まれたものに嵌《は》め込まれたブロンズの二つの輪を摑んだ。私は震えながら近づいた。教区司祭は口を開かずに私を見た。私は自分の手を輪の一つに置かれた彼の手に重ね、引っ張った。二人でゆっくりと石を持ち上げた。空洞が、黒く冷たく、私たちの前に残された。私は乾ききり黄ばんだ髑髏がまだ動いているのを見た。教区司祭は墓の内に片手を伸ばしてそれを摑んだ。それから、一言も言わず何の身振りもせずに、私にそれを手渡した。震えながら受け取った。私は聖堂内陣の真ん中にいて、ランプの光が私の両手に落ちていた。そこにあるものに目を止めるなり、私は恐怖にぞっとして両手を振るった。手の中にあったのは蛇どもの巣で、連中がシュウシュウ声を立てながらとぐろを解いている間に、髑髏は空ろで軽い音を立てて聖堂内陣の階段を上から下まで転がっていった。教区司祭は兜の面頬の下でもかくやとフードの下でぎらつく戦士の目で私を見た。

「国王陛下の選抜歩兵殿、告解による赦免はない……わしは臆病者を赦《ゆる》しはしない！」

そうして粗野にして堂々たる態度で、踵まで届く白い僧衣がはためくのを押さえもせずに出て行った。ブランデソの教区司祭の言葉は長きにわたり私の耳で響いていた。今なお響いている。おそらくそのおかげで、もっと後になって、私は死に対して女に対するように微笑むことができるようになったのだろう！

＊1――厳密には士官学校の一・二年生。
＊2――おそらくスペイン陸軍最古の部隊の一つ「国王陛下の古式ゆかしき歩兵第一連隊」を指す。

夢の悲劇
Tragedia de ensueño

家は開けっ放しで打ち棄てられたかの如く見える……子供は外で、死にゆく午後の平和の中、葡萄棚の下で眠っている。敷居に腰を下ろして、一人の老女が揺り籠を片足で揺すりながら、皺だらけの指で糸巻きの錘《つむ》を動かしている。畑で採れた褐色の亜麻の塊を、次から次へ、老女は紡ぐ。齢《よわい》は百歳、銀髪に、視力を喪《うしな》った目、震える顎先。

祖母　この世では何てたくさんの苦労が待ち受けていることやら！　あたしには七人の息子がおったが、あたしの手は七つの経帷子《きょうかたびら》を縫わにゃならんかった……息子たちは育てる苦しみを知るようにとあたしに与えられ、それから、一人一人、年老いたあたしの助けになるかという時に、死が奪っていった。この哀れな眼《まなこ》は、あの子らを思うと、まだ涙が枯れやしない。七人の王様だったよ、若くて優しくてね！……あの子らの残した女房たちは再婚して、うちの扉の前を連中の二度目の結婚式の行列が通るのをあたしは見た、そしてうちの扉の前をその後賑やかに洗礼式に向かう連中が通るのを見た……ああ！　あたしの孫の輪だけが五月の薔薇のように散っていった……あんなに大勢いたのに、朝晩お襁褓《むつ》を縫って指が疲れたものだったのに！……みんな蛙と小夜啼鳥《ナイチンゲール》の鳴くそこの道を通って連れて行かれてしまった。どれほどあたしの眼は泣いたことか！　あの子らの入った天使が入るような白い箱を見送りすぎて、あたしは目が見えなくなってしまった。あたしの眼はどれほど泣いたことか、この先まだどれほど泣かなけりゃならないのやら！　三日前からうちの扉の前で犬どもが吠えている。死がこのちっちゃい孫を残してくれるのを願っていたけれど、この子のところにもやっぱりやって来た……孫たちみんなの中で、一番可愛がってきた子だったのに！……父親が埋葬された時は、まだ生まれてもいなかった。母親が埋葬された時は、まだ洗礼を受けていなかった……だからこそ、誰よりも、一番可愛がってきたんだ！……山ほど苦労して育ててきた。乳母代わりに乳をやるよう白い山羊を飼っていたけど、山で狼に喰われちまった……それであたしの孫は花のように萎《しお》れちまった！あたしの孫はゆっくり、ゆっくりと死んでいく、暁を眺めることのできない、哀れな星々のように！

老女は泣き、子供は目を覚ます。老女は啜り泣きながら揺り籠に身を屈《かが》め、震える手で籠全体を手探りして、頭板がどこにあるかを探す。やっと子供を腕に抱いて体を起こす。子供を乳の出ぬ不毛な枯れた胸にぎゅっと抱き締め、盲《めし》いた目はさめざめと涙を流す。敬意を払われてしかるべき皺の襞《ひだ》に涙を留めたまま、子供が泣き止《や》まないかと歌を歌う。祖母は古いトナディーリャ*1を歌う。それを聞いて道で足を止めたのは川から戻ってきた三人の若い娘、日がな一日、アラビアの見事な白い布を洗っては干すのに疲れていた。王宮で働く女官三姉妹である。上の姉はアンダラ、中の姉はイサベラ、末の妹はアラディィナである。

上の姉　可哀想なお祖母《ばあ》さん、苦しみを紛らすために歌っている！

中の姉　子供が泣くといつも歌うのよ！

末の妹　なぜ子供が泣くのか御存知？　育ててくれていたあの白山羊が山でいなくなったの、だから子供は泣くのよ……

二人の姉　あなたあの子を見たの？　いつ見たの？

末の妹　明け方揺り籠で眠っているのを見たの。わたしたちが洗濯をする川の泡よりも白かった。わたしの両手があの子に触れると、あの子の命の幾許《いくばく》かがくっついてくるみたいだった、聖別してくれる芳香《かおり》のように。

二人の姉　今通りがかりにキスをしに立ち寄りましょう。

末の妹　おばあさんに訊《き》かれたら何て言ったらいいの？……手ずから紡いで織った布を洗うようにと渡されたのに、水に漬けたとたん流されてしまった……

中の姉　わたしは揺り籠の粗いシーツ《レンスエロ》を渡されたのに、日に拡げたとたん風に攫《さら》われてしまった……

上の姉　わたしは亜麻糸の一枷を渡されたのに、乾かすために置いてあった茨の茂みから取ろうとしたとたん、黒い鳥が嘴《くちばし》でつまんで持って行ってしまった……

末の妹　わたし、何て言ったらいいかわからない！

中の姉　わたしもよ、アラディナ。

上の姉　黙って行きましょう。目が見えないから気づかないもの。

中の姉　耳で足音がわかるわ。

上の姉　草で音を消しましょう。

末の妹　あの目でも影はわかるわ。

上の姉　今日は目も泣き疲れているでしょう。

中の姉　それなら、ずっと道の端を行きましょう、草が伸びているところを。

アンダラ、イサベラ、アラディィナの三姉妹は、黙って道の端を進む。老女は一瞬盲いた目を上げる。それから子供のために揺すり歌い続ける。三姉妹は通り過ぎてから振り返る。遠ざかり、一人ずつ、角を曲がって姿を消す。彼方、丘の裾に牧夫が現れる。牧杖を突きながらゆっくり歩いてくる。とても年老いていて、全身革の衣を纏い、白く厳かな髭を生やしている。ベツレヘムの厩で幼子イエスを崇めたあの慈悲深い牧夫たちの一人に見える。

牧夫　もう日が暮れる。なぜ孫を連れて家に入らんのかね？

祖母　家の中では死がうろついておって……あいつが扉を叩くのを感じないかい？

牧夫　あれは夜になると吹き始める風だよ……

祖母　ああ！……あんたは風だと思うんだね！……あれは死だよ！……

牧夫　雌山羊は出てこなかったかい？

祖母　雌山羊は出てこなかったし、これからも出てこんだろう……

牧夫　うちの若いもんが丸々二日探し回った……連中も犬も草臥《くたび》れ果てた……

祖母　狼がねぐらで笑っとるじゃろうて！

牧夫　わしも探し草臥れたよ。

祖母　あたしらみんな草臥れ果てるじゃろうて！……ただこの子だけが泣きながら呼び続けるじゃろう、これからも、ずっと……

牧夫　わしがうちの群の中からおとなしい雌山羊を選んでやろう。

祖母　見つからんよ。おとなしい雌山羊は狼に喰われちまう。

牧夫　うちの群には見張りの犬が三匹ついておる。山からわしが戻ったら、その子に白い仔山羊を連れた雌山羊をあげよう。

祖母　ああ！　希望がやって来て、軒下の打ち棄てられた古い巣のようなあたしの心に身を寄せるのを、どれほど恐れていたことか！

牧夫　希望は全ての心に歌いかけてゆく鳥だよ。

祖母　あたしは体も利かん哀れな女じゃが、この指は感覚が残っている限り、あんたに贈るために雌山羊から採れるだけの毛糸を紡ぐじゃろう。でもあたしの孫は生きられんじゃろう！……もう三日前から犬どもが吠えとって、この子を揺り籠から持ち上げると、飛び方を学びたがっているかのように、この子の天使の羽がはばたくのを感じるんじゃ……

　子供が再び泣き出すが、その声は次第に弱く悲しげになってゆく。祖母は再び古いトナディーリャを歌いながら揺する。牧夫はゆっくりと遠ざかって行き、緑の野を抜けるが、そこでは子供たちが輪になって遊んでいる……幼い子供たちの合唱は祖母と同じトナディーリャを歌っている。輪が崩れ、スカートを花で一杯にした数人の少女が老女に近づくが、老女はそれに気づかず孫を揺すり続ける。少女たちは黙って顔を見合わせ微笑み合う。祖母は歌をやめ孫を揺り籠に横たえる。

少女たち　眠ったの、おばあちゃん？

祖母　ああ、眠ったよ。

少女たち　何て白いの！……でも眠っていないよ、おばあちゃん！……おめめを開いているよ……目には見えないものを見ているみたい……

祖母　目には見えないもの！……来世じゃよ！……

少女たち　微笑《わら》って、目を閉じるよ……

祖母　目を閉じたままで、以前見ていたのと同じものを見続けるじゃろう。この子の純白の魂がそれを見とるんじゃ。

少女たち　微笑っている……！　どうして目を閉じたまま微笑うの？

祖母　天使たちに微笑いかけとるんじゃよ。

一陣の風が老女のざんばら髪の上を、そよがせもせずに通る。その冷たい風は祖母の目に涙させる。子供は揺り籠でじっとしている。少女たちは蒼ざめ、怯えて、ゆっくりと、黙って手を取り合って離れてゆく。

祖母　あんたたちどこに居《お》んね？……言っておくれ、まだ微笑っとるかい？

少女たち　いいえ、もう微笑っていないよ……

祖母　どこに居んね？

少女たち　もう行くね……

つないでいた手を放し逃げ去る。遠くでカウベルが鳴る。祖母は耳を澄ませながら背を丸める……それはこの家の雌山羊で、子供に乳をやりに戻ってきたのだ。賢王の賜物の如く、善きものに満ちた乳房をもってやって来る。毛は山の針金雀枝《はりえにしだ》と茨で梳《す》かれている。老女は子供を抱き上げるべく両手を揺り籠の上に広げる。だが哀れな皺だらけの、震えの止まらぬ老いた手は、子供の硬直した体を見つける！

祖母　もうあたしを置いて行っちまったんだね、あたしの孫よ！　何て孤独な身にされちまったんだろう！　おお！　天使のようなおまえの魂は、どうしてあたしの口にキスをして、辛い思いばかり抱えたあたしの魂を一緒に連れて行かなかったんだろう?……あたしの人生というこの物哀しい礼拝堂で、おまえは白い薔薇の花束のようだったのに……あたしに両手を広げると、旧約聖書に出て来る聖なる族長たちを喜ばせる小夜啼鳥のようじゃった。おまえの口がキスをすると、夜に向けて開かれた陽光に満ちた窓のようじゃった……おまえはあたしの魂というこの暗い礼拝堂にある白い蠟燭のようじゃった！……あたしに孫を返しておくれ、黒い死よ！　孫を返しておくれ！……

両腕を広げたまま、雌山羊を後に従え人気《ひとけ》の無い家に入る。屋根の下で叫び声が響く。
そして風は扉を叩いて回る。

＊1——短い歌曲。

ベアトリス
Beatriz

第一章

館《パラシオ》を囲むのは高貴な隠遁の雰囲気に満ちた、上品な庭園だった。年古りた銀梅花《ミルト》の間々に、神々の彫像が白く見えていた。手足の捥《も》がれた哀れな彫像よ！　杉と月桂樹が打ち棄てられた額の上で厳かな憂愁を湛え撓《しな》っていた。枯葉に覆われたトリトン像のいずれかが間歇的《かんけつ》に怪物じみたごぼごぼという笑い声を上げ、謎めき魔法にかけられた生命の搏《はく》動《どう》と共に噴水が陰で揺れていた。

女侯爵はほぼ全く館から出なかった。寝室のプラテレスコ様式のバルコニーから庭園を眺めては、敬虔な名門女性らしい優しい微笑を浮かべ、お抱え司祭のアンヘル師に礼拝堂の祭壇のために薔薇を切るよう頼んでいた。女侯爵は大層慈悲深かった。館の物哀しく静かな部屋部屋で、引退した高貴な修道院長のように過去に目を向けて暮らしていた。紋章官たちが紋章にまつわる伝説で満たしたあの過去に！　ポルタ＝デイ侯爵カルロータ・エレーナ・アギアール・イ・ボラーニョは、それらを少女の頃黴《かび》臭い貴族年鑑を繙《ひもと》きながら学んだのであろう。国王ドン・カルロス一世陛下の署名のある貴族特権授与証と血統証明書が明らかにするところによれば、彼女は最も古く誉れ高き名家の一つ、バルバンソン家の子孫であった。女侯爵は深紅のブラッシュで厚く装幀された小郷士の身分に関わるあれらの書類を聖遺物の如く大切にしていたが、そこでは装飾的な大文字、飾り文字で書かれた帯状紋《オール》、紋章のグリフォンや騎士のエンブレム、羽根の兜飾り、そして赤や紺、金や銀、黒や緑を用い、修道院に相応《ふさわ》しい辛抱強さで細密画法によって描かれた、一六クォータリー*1から成る盾形紋章によって、過ぎにし世紀が優美に想起されていた。

　女侯爵は、カルリスタ戦争においてかくも重きを成したバルバンソン侯爵の一人娘だった。ベルガラの背信——忠実派*2はこの協定のことを別の言い方では決して呼ばなかった——の後、戦が終わると、バルバンソン侯爵はローマへ移住した。当時は教皇＝国王*3の麗しき御代であったおかげで、このスペインの騎士はヴァチカンの宮中で役職に就く外国出身の貴紳の一人となった。長年にわたり、貴族身分の護衛官であることを示す青いマントを肩に羽織り、天鵞絨《ベルベット》と光沢のある絹織物《ラソ》の、裏地が見えるようスリットを入れた颯爽たる長袖上着《ロビーリャ》を着こなしていた。神の如きサンツィオ*4が神の如きチェーザレ・ボルジアの肖像を描いた時に着せたのと同じ美々しい装いであった！　バルバンソン侯爵、ゴンダリン伯爵、ゴア領主の爵位は善良なる騎士ドン・フランシスコ・シャビエル・アギアール・イ・ベンダーニャと共に絶えたが、この人物は忠誠心に篤《あつ》きカスティーリャ人の傲岸さをもって、もしも誰であれ神の恩寵によって選ばれたのではない国王陛下のために拠出金《ランサ》*5や税《アナタ》*6を収めるような裏切り者の自惚れ屋が子孫の中にただ一人でも現れたならば、子々孫々末代までも呪われるべしと遺言に残したものだった。彼の娘は、墓の底から立ち上るかの呪いのこの上なき凛々しさを涙に暮れつつ崇め、亡父の遺志を尊重して、祖父の代では二〇人の誉れとなっていた爵位が失われるに任せてきたが、かのバルバンソン侯爵領については常々嘆息していた。心を慰めるべく、目があまり疲れていない時には、かくも誉れ高き血統の起源が語られている、アルメンタリスの修道士によって書かれた貴族年鑑を読んだものだった。

　後になって女侯爵の爵位を得たのは、教皇のおかげであった。

第二章

ペンチの如く痩せたお付き司祭《カペリャン》の手が、緋色のダマスク織の紋章入り大型カーテン《コルティノン》を持ち上げた。

「侯爵様、入室をお許しいただけますでしょうか？」

「お入りなさい、アンヘル師」

司祭は入った。背が高く枯れた老人で、威圧的で軍人風の歩き方をしていた。長子相続《マヨラスゴ》の特権として与えられた土地の地代《フオラル》を取り立てていたバルバンソンから戻って来たところだった。館の戸口で下馬したばかりで、まだ拍車を付けたままだった。応接間の奥では、物柔らかな女侯爵が緋色のダマスク織の長椅子《カナペ》に身を横たえ溜息をついていた。大広間の中はほとんど物が見えなかった。荒涼たる冬の午後が暮れていた。女侯爵は低い声で祈り、その指は、レースのミトンに囚われた白い百合の如く、エルサレムから持ってこられたロザリオの数珠をゆっくりと手繰《たぐ》っていた。長く突き刺すような叫びが大広間に、館の謎めいた奥から届いた。ルシフェルの蝙蝠の翼の如く暗闇を掻き乱し、静寂《しじま》で脈打っていた。

……アンヘル師は十字を切った。

「神の御加護を！　疑いなく悪魔はベアトリスお嬢様を苦しめ続けておりますな？」

女侯爵は祈りをやめ、ロザリオの十字架で十字を切ると、溜息をついた。

「可哀想な我が娘！　悪魔が取り憑いておる。わたしはあの子が叫ぶのを聞き、炎の中の火蜥蜴《サラマンダー》の如く身を捩《よじ》るのを見るとぞっとする……セルティゴにいる呪《まじな》い師のことを耳にした。その女を呼ぶ必要があるだろう。正真正銘の奇蹟を起こすとの話だ」

アンヘル師は、心を決めかね、頭頂《こうべ》を剃った頭を振った。

「確かに奇蹟を起こしますが、二〇年も床に伏しております」

「馬車を送りなさい、アンヘル師」

「この道中では無理でしょう、奥様」

「輿《こし》に載せて連れて来なさい」

「それしかないでしょう。しかし難しい、とても難しいでしょう！　呪い師は一世紀以上の齢《よわい》です……聖遺物のミイラのようですから……」

女侯爵が考え込むのを見て、司祭は口を噤《つぐ》んだ。老人は不機嫌な目と鷲のような横顔をして、花崗岩《かこうがん》に刻まれたかの如く不動だった。大聖堂の墓所のアーチの影で眠るか祈る、あの戦士司教たちの像を思い出させた。アンヘル師はかつて、派閥を助けに行くためには教会の金まで盗む、剃髪した頭目連中《カベシーリャ》の一人だった。何年も経ち、既に戦争が終わった後でも、まだスマラカレギ[*7]の霊のためにミサを挙げ続けていた。貴婦人は両手を十字に広げて嘆息していた。ベアトリスの叫びは大広間に、切れ切れの怒り狂った吠え声となって届いていた。ロザリオは女侯爵の蒼冷《あおざ》めた指の間で震え、彼女は啜り泣きながら、ほとんど声もなく呟いた。

「可哀想な娘！　可哀想な娘！」

アンヘル師は訊《たず》ねた。

「お独りではないでしょうね？」

女侯爵はゆっくりと目を閉じると同時に、疲れ切った仕草で長椅子のクッションに頭を横たえた。

「わたしの伯母の将軍夫人と特別聴罪司祭様《ペニテンシアリオ》が一緒にいて、悪魔祓いをしていただくことになっている」

「ああ！　しかしここに特別聴罪司祭様がいらっしゃるのですか？」

女侯爵は哀しげに答えた。

「伯母が連れていらしたのだ」

アンヘル師は奇妙に驚いて立ち上がっていた。

「特別聴罪司祭様は何と仰せになりましたか？」

「わたしはまだお目にかかっていない」

「もう長いことこちらにいらっしゃるのですか？」

「それも知らぬ、アンヘル師」

「侯爵様が御存知ないとは？」

「ああ……午後中礼拝堂で過ごしていたのでな。ブラドミンの聖母に捧げる九日間の祈り《ノベーナ》を今日始めたのだ。娘を治してくだされば、我が祖母バルバンソン侯爵夫人のものであった真珠のネックレスとペンダントを献ずるつもりだ」

アンヘル師は恐ろしげな様子で落ち着きなく話を聞いていた。その目は眉の下で不機嫌になり、二匹の狼狽《うろた》えた山の害獣のようだった。溜息をつきつつ貴婦人は黙した。司祭は立ったままだった。

「侯爵様、私めは雌騾馬《めすらば》に鞍を置かせます、さすれば今夕にはセルティゴスにいるはず。呪い師を連れてくることができましたら、ごく秘密裡に事を行わねばなりませぬ。夜中過ぎにはもうここに戻り居《お》りましょう」

女侯爵は紫がかった隈《くま》のできた目を天に向けた。

「神がそうなさいますように！」

そして身分高き奥方は、蒼冷めた指の間にロザリオを巻きながら、娘の側に戻るべく立ち上がった。長椅子の上で居眠りをしていた猫が床に飛び降り、背骨を弓なりにして、鳴きながら後に従った……アンヘル師が先に立った。司祭のペンチの如く痩せた手が紋章付きの大カーテンを押さえた。女侯爵は目を伏せて通ったので、その手がいかに震えているかを見ることができなかった……

第三章

ベアトリスは死人のようだった――半ば閉じられた瞼、とても蒼冷めた頬、両腕は体に沿って伸ばされ、聖人との評判だった高貴なるバルバンソン家出身の大司教、ディエゴ・アギアール師から女侯爵に遺贈された古い木の寝台の上に横たわっていた。ベアトリスの寝室は栗材の床板を張った、暗く物哀しい大きな部屋だった。鳩がくうくう声を立てる狭い明かり採りの窓と、手間のかかる古風な組み立てで、華やかな飾り付きの金具に踊り釘がついた、修道院風の扉があった。

特別聴罪司祭様と、カルロータ奥様[*8]こと将軍夫人は、寝室の一方の端に引っ込んで、大層低い声で話していた。聖職者は長マント《マンテオ》に襞《ひだ》を作っていた。禿《は》げ上がったこめかみと象牙色の額が暗闇で光っていた。語ること全てにこの上なく慎重を期し、そのために長い遠回しな言い方をしながら、告解室にいるかの如く言葉を選びに選んでいた。カルロータ奥様はその言葉に注意深く耳を傾け、ミイラの如く乾いたその指の間では、木製の編み針と編み物の軽い毛糸が揺れていた。蒼白で、特別聴罪司祭を遮ることなく、時折呆然と繰り返していた。

「可哀想な娘！　可哀想な娘！」

　ベアトリスが溜息をつきながら泣くので、慰めるべく立ち上がった。それから聖職者の傍らに戻ったが、司祭は組んだ手を長マントの襞の間にほとんど隠して、重々しい黙想に浸っているようだった。カルロータ奥様は、常日頃極めて意志強固な夫人であったが、涙を拭い、悲しみを隠しきれずにいた。特別聴罪司祭は低い声で訊ねた。

「その僧侶はいつ着くのであろうか？」

「もう着いている頃かと」

「お気の毒な侯爵！　何を為《な》さるのだろうか？」

「誰に分かりましょうか！」

「あの方は何も疑っていないのだろうか？」

「疑いようがなかったのです！……」

「その事を告げねばならぬとは全く痛ましい限り……」

　二人は口を噤《つぐ》んだ。ベアトリスは泣き続けていた。間もなく女侯爵が、冷静に見えるよう努めながら入ってきた。ベアトリスの枕元までやって来ると、黙って身を屈《かが》め、少女の硬直した額に口づけをした。嘆きの聖母の如く両腕を十字に広げ、目を釘付けにして、その愛する顔を長い間見つめていた。女侯爵は今でも美しかった——堂々たる身の丈に顔《かんばせ》はとても白く、眼は青く睫毛は金色、あの哀しげで誇り高き頬に軽い影の翼を拡げる黄金色の金髪をしていた。特別聴罪司祭様が近づいた。

「侯爵、そのアンヘル師とやらと話す必要があるのですが」

平生は優しく囁くような聖職者の声は、厳しさに満ちていた。女侯爵は驚いて振り返った。

「アンヘル師は館には居りませぬ、特別聴罪司祭様」

そして彼女の青い瞳は、いまだ涙に濡れ、熱心に問い質《ただ》したが、同時にその萎《しお》れた唇の上には、敬虔な貴婦人の優しく慎ましやかな微笑みが揺れていた。カルロータ奥様は、ベアトリスの枕頭にいたが、いとも静かに近づいてきた。

「ここではお話しにならないで……カルロータ、勇気を持つことが必要よ」

「神様！　何があったの？」

「黙って！」

すぐさま女侯爵を居室の外に連れ出した。特別聴罪司祭様は黙ってベアトリスを祝福すると、裾の長い僧服を絡《から》げもせずに後からついて出た。カルロータ奥様は敷居のところに残った。動かずに目を拭いながら、そこから女侯爵と特別聴罪司祭が長い廊下を離れてゆくのを見守った。それから、十字を切り、一人ベアトリスの傍らに戻ると、皺だらけの手を少女の固い額の上に置いた。

「可哀想に、震えないで！……怖がらないで……」

鼻に貝縁の鼻眼鏡を載せると、既に色褪せた青い絹の栞が挟んであったところで祈禱書を開き、大声で読み始めた――

祈り：
おおこよなく哀しまれこよなく苦しまれる聖処女マリア様、我が奥方様、貴女《あなた》のこよなく愛される御子にして我が主なるイエスキリストの後に従われ、貴女は十字架の丘へと至られ、そこで聖霊は貴女を没薬《もつやく》の山にあるかの如くもてなさんと望まれ、人類の母イヴが貴女に聖油を塗られた！　聖処女マリア様、神の恩寵をもって、罪の赦《ゆる》しを与え給え、そして我が魂よりそを囲む悪しき霊を遠ざけ給え、そも貴女は肉体と霊より悪魔を払い除《の》ける力強き御方なれば。我待ち望まん、聖処女マリア様、貴女様の更なる栄光のためとあらば、願い奉るものを我にお認めくださらんことを、そして我が永遠の救済を。アーメン。

ベアトリスは復唱した。

「アーメン！」

第四章

脚付き火鉢《ブラセーロ》の足下で見張りをしていた猫の目が、暗闇で光っていた。朱色の銅の大きな鉢はまだ灰の中に消えかけた熾火《おきび》を幾つか保っていた。大広間の辛うじて明るくなった奥では、天鵞絨のカーテンの上に、縁飾りの付いた金属の紋章が輝いていた——エンリケ三世陛下がバルバンソンの領主ペドロ・アギアール・デ・トール、別名山羊もしくは老人に紋として与えた、銀の橋と九つの金の小円形《ロエル》である。萎れた薔薇が暗闇に香りをまぶしながら、開かれた手を模した古い陶器の花瓶で謎めいて散っていた。召使いが一人、コンソールの上にあった銀の燭台に火を点けた。それから女侯爵と特別聴罪司祭は大広間に入った。貴婦人は高貴な諦めの身振りで長椅子に座るよう聖職者に勧めると、暗い予感に震え打ちのめされて、肘掛け椅子に腰を落とした。参事会員《カノニゴ》は、厳粛さを塗油した声で、言い始めた。

「恐ろしい打撃です、侯爵……」

貴婦人は嘆息した。

「恐ろしいことです、特別聴罪司祭様！」

二人は沈黙した。女侯爵は瞳の青い底を湿らせる涙を拭っていた。しばしの後、およそ隠しきれない激情が纏わりついた声で呟いた。

「あなたが仰ろうとなさっていることがとても恐ろしいのです！」

参事会員は、神学的な重大な黙考に浸っているかのように思える、蒼い剝き出しの額をゆっくりと傾けた。

「神の御意志に従わねばなりませぬ！」

「もちろんです！……しかしこのような厳しい試練に値するような、如何なることをわたしがしたというのですか？」

「貴女の罪がどれほど根深いものか誰に分かりましょう！　神のお考えというものは、私たちには測りかねるものです」

女侯爵は傷ついて手を組んだ。

「わたしのベアトリスが神の御加護から見放され、サタンに取り憑かれるのを見ようとは」

参事会員が遮った。

「いいえ、あの少女は取り憑かれてはおりませぬ！……我らが大聖堂の特別聴罪司祭となって二〇年、かくも痛ましく、かくも奇怪な良心の事例は見たことがありませぬ。あの病み少女の告白には、まだこの身が震えまする！……」

女侯爵は目を天に上げた。

「告解したとは！　疑いなく我らが主たる神は恩寵をお戻しになるのを望まれたのです。哀れな娘が聖なるものなら何であれ憎むのを見て、どれほど苦しんできたことか！　それも今まで取り憑かれていたせいだったのです、特別聴罪司祭様」

「いいえ、侯爵、一度も取り憑かれてはいなかったのです」

女侯爵は悲しげに微笑みながら、落としたばかりのハンカチを探して身を屈めた。特別聴罪司祭様がそれを絨毯から拾い上げた。それは小さく、世俗的で生温かく、聖杯を包む布の如く乳香と安息香で香りづけられていた。

「どうぞ、侯爵」

「ありがとうございます、特別聴罪司祭様」

参事会員は微《かす》かに微笑んだ。蠟燭の炎がその金の眼鏡で輝いていた。背が高く猫背で、司教の手とイエズス会士の顔立ちをしていた。剃き出しの額に、哀しげな頰、優しい眼差《まなざ》し、聡明さに満ちた、落ち窪んだ口をしていた。ペルジーノが描いたコスメ・ド・フェラーラ枢機卿の肖像を思わせた。短い間を置いて言葉を継いだ。

「この館には、奥様、不純な聖職者、サタンの息子が滞在しております……」

女侯爵は恐怖に怯えて彼を見た。

「アンヘル師が？」

特別聴罪司祭は、聖堂参事会の特権であるかの赤い半球帽《ソリデオ》を被った頭を、悲しげに傾けて肯定した。

「それがベアトリスの告解でした。恐怖と力を用いて、あの男とサタンは彼女を手込めにしたのです！……」

女侯爵は蠟のように見える手で顔を覆った。その唇から叫びは漏れなかった。特別聴罪司祭は静かに彼女を見つめていた。それから続けた。

「ベアトリスは私が母親に伝えることを望みました。私の義務は彼女の願いを叶えることでした。哀しい義務です、侯爵！……可哀想なあの子は、苦悩と羞恥心のために、とても言い出せなかったのでしょう。過ちを告解した際の彼女の絶望はあまりに大きかったので、私は恐ろしくなったほどです。彼女は自分の魂が断罪され永遠に喪われたものと信じていたのです！」

女侯爵は、顔から手を放すことなく、涙に嗄《か》れた声で叫んだ。

「あの司祭を殺させてやる！　殺させてやる！　そして娘には二度と会うまい！」

参事会員は厳めしく立ち上がった。

「侯爵、罰は神に委ねねばなりませぬ。そしてあの少女に関しては、傷つけるやもしれぬことを一言たりとも言ったり、恥じ入らせるやもしれぬ目つきを一度たりともしてはいけませぬ」

苦しみ果て、力尽き、女侯爵は子供たちのために開かれた墓所を前にした母親の如く啜り泣いていた。外では修道院の鐘が明るく鳴り響き、毎年修道女たちが寛大なる創設者に捧げる九日間《ノベーナ》の祈りを知らせていた。大広間では蠟燭が金色の蠟受けの上で涙を流し、火の消えた火鉢の縁では、鼾《いびき》をかきながら、猫が眠っていた。

第五章

ベアトリスの叫びが館中に響き渡った……女侯爵は夜の静寂《しじま》で背筋を寒くするあの泣き声を耳にして体を震わせ、慌てて駆けつけた。少女は、視線の定まらぬ目で肩に髪を振り乱して、身を捩っていた。彼女のマグダラのマリアの如き金髪の頭部は板張りの床に打ちつけられ、硬直し苦悶する額からは一筋の血が噴き出していた。キリストの強烈な死んだ眼差しの下で身を捩っていた――その像は黒檀と象牙でできていて、人間の頭髪が植えられ、その神なる足は瀕死の銀の小ランプによって照らされていた。ベアトリスの姿はかの白い伝説的な王女たち、早くも一三歳にしてサタンに誘惑された聖女たちの記憶を呼び覚ました。女侯爵が入室すると、正気を喪った状態で身を起こし、顔は蒼冷め、唇は散りなんとする薔薇の如く震えていた。その髪は辛うじて純心な胸を覆っていた。

「ママ！　ママ！　許して！」

そうして二羽の怯えた鳩の如く見える両手を伸ばした。女侯爵は彼女を両腕で抱き上げようとした。

「もちろん、娘よ、もちろん！　今はお休み」

ベアトリスは、乱れた寝台に恐怖に満ちた目を釘付けにして後退《あとじさ》った。

「あそこにサタンがいる！　あそこでサタンが眠るの！　毎晩やって来るの。今も来てわたしの肩衣《スカプラリオ》を持って行った。胸を嚙まれたの。わたし叫んだ、叫んだわ！　でも誰にも聞こえなかった。いつも胸を嚙まれて、そこを灼《や》かれるのよ」

そうしてベアトリスが蒼白い胸を母に見せると、そこにはルシフェルの唇が口づけした時についた黒い痕が見えた。女侯爵は、死人の如く蒼冷めて、十字架を壁から外すと枕の上に置いた。

「怖がらないで、娘よ！　我らが主イエスキリストが今あなたを見守ってくださっています！」

「やめて！　やめて！」

　そしてベアトリスは母の首にしがみついた。女侯爵は床に跪いた。あたかも二羽の病み怯えた鳥であるかの如く、両手の間に少女の裸足の足を包み込んだ。ベアトリスは額を母の肩に埋めながら、啜り泣いた。

「大好きなママ、あれは告解をしに礼拝堂に下りた午後だったの……わたしママを呼ぼうと叫んだ……ママは聞いてくれなかった……それからは毎晩来たがって、わたしは地獄に堕ちるのよ……」

「黙って、いい子だから！　思い出さないで！」

　そして二人は一緒に、静かに泣き、その間古風な組み立ての華やかな錠前の付いた扉の上では、アンヘル師がベアトリスのために育てていた二羽の鳩がくうくう鳴いていた。少女は母の肩に頭を預け、細かく震え溜息をつきながら、少しずつ微睡《まどろ》んでいった。冬の月が明かり採り窓に輝き、その白い光が居室に広がっていた。外では、庭の木々を揺らす風と泉が立てる微かな音が聞こえていた。

　女侯爵はベアトリスを長椅子に横たえると、静かに、愛情たっぷりに気を遣って、緋色のダマスク織の、あの古いどこか祭壇飾りを思わせるダマスク織のベッドカバーを掛けた。ベアトリスは目を開くことなく嘆息した。両手はベッドカバーの上にあった――蒼冷め、白く、理想的で、光を受けて透き通るようだった。青い血管が夢幻の花を描いていた。目にいっぱい涙を湛え、女侯爵は近くの肘掛け椅子に腰を下ろした。あまりにも打ち拉《ひし》がれ、ほとんど考えることもできず、ぼそぼそと祈りながら、キリスト像の足下、銀の杯で点る灯の輝きを受けて眠りかけていた。かなり遅くなってからカルロータ奥様が、松葉杖で体を支え、湾曲した鼻の上で鼻眼鏡を揺らしながら入ってきた。女侯爵は唇に一本指を立ててベアトリスが眠っていることを示し、老女は音を立てず、苦労してゆっくりと歩きながら近づいた。

「やっと休めたわね！」

「ええ」

「可哀想な無垢な魂！」

腰を下ろすと肘掛け椅子の腕の一方に松葉杖を立てかけた。二人の貴婦人は沈黙を守った。扉の明かり採り窓の上では番《つがい》の鳩がくうくう鳴き続けていた。

第六章

真夜中にセルティゴスの呪《まじな》い女が到着した。もう年老いた孫二人が、牛に牽《ひ》かせた荷車の藁の上に彼女を寝かせて連れて来た。女侯爵は二人の召使いに上がるのを手伝わせた。経でも読むように挨拶と祈りを唱えながら入ってきた。老いた、とても老いた女で、古いメダルの如く摩耗した顔に、緑色の目をしていたが、その緑は魔女が集う見捨てられた泉の持つ、呪力を備えた緑色だった。高貴な夫人は扉口まで彼女を迎えに出、声を震わせながら、召使いに訊ねた。

「アンヘル師も来ているか見ましたか？」

召使いの代わりに呪い女が、長子相続制の時代を覚えている老女たちの阿《おもね》りをもって答えた。

「我が侯爵様、わたし一人、神様の他にはどなたの付き添いもなく参上いたしました」

「しかしセルティゴスには修道士が一人報《しら》せを持って参ったのでは？……」

「この悲しき目は誰も見ませんでした」

召使いは呪い女を肘掛け椅子に座らせて去った。ベアトリスは彼女をじっと見ていた。その目は、陰鬱で、恐怖と希望の深淵に臨むかの如く開かれていた。呪い女は歯のない口に硬直した微笑を浮かべた。

「この白い薔薇の如きお嬢様がどれほどわたしに注意を払われているか御覧ください！わたしから視線を離しませぬ」

女侯爵は居室の中央に立ったままで問い質した。

「だが修道士を見なかったのか？」

「誰も、奥様」

「誰が知らせたのか？」

「この世の者ではありませぬ。昨日午後眠っておりましたところ、夢でお告げがありました。善良なる女侯爵が白い手巾を振ってわたしを呼んでおられ、手巾はそれから鳩になって舞い、天へと飛んでいったのです」

貴婦人は震えながら訊ねた。

「それは吉兆なのか？……」

「これ以上はありえない吉兆です、侯爵様！　それでこう心の中で独りごちたのです――かくも偉大なる奥様のお館に参ろうと」

女侯爵は黙っていた。しばしの後、ベアトリスに目を釘付けにしていた呪い女は、ゆっくりと発言した。

「この麗しき薔薇には邪眼の呪いがかけられております。鏡で見ることができます、奥様が手元にお持ちでしたら」

女侯爵は古い銀の飾りが施された鏡を手渡した。呪い女は、聖職者が聖別された聖餅でするのと同じようにそれを高く掲げ、息を吐きかけ曇らせると、震える指でソロモン王の輪を描いた。それが完全に消えるまで、鏡面のクリスタルにじっと目を据えていた。

「お嬢様は魔法にかかっております。魔法を十分に破るには、聖なる父が卓につき全キリスト教徒を祝福する時である正午の一二の鐘が鳴るのに合わせて、福者《ベアト》エレクトゥスの御祈りの一二の御言葉を唱えなければなりませぬ」

女侯爵は呪い女に近づいた。貴婦人の顔は死女の如く、その青い目はトルコ石の毒々しい色をしていた。

「ひとを呪い殺す術は知っておるか？」

「ああ、侯爵様、それはとても重大な罪です！」

「知っておるのか？　わたしが自らおまえのためにミサを挙げるよう命じよう、それで神はお許しくださるだろう」

呪い女は暫時黙考した。

「やり方は知っております、侯爵様」

「では行うがよい……」

「誰をですか、奥様？」

「我が家付きの司祭の一人だ」

呪い女は頭を下げた。

「その為には祈禱書が必要です」

女侯爵は部屋を出て、アンヘル師の祈禱書を持ってきた。呪い女は七枚頁を破り取ると、鏡の上に載せた。それから、祈るかの如く両手を合わせ、唱えた。

「サタンよ！　サタンよ！　我が悪しき思い、我が悪しき行い、我が罪の全てにかけてそなたを召喚する。蛇の息、蠍《さそり》の毒、山椒魚の目玉にかけてそなたを召喚する。そなたが速やかに参り、この厳かなるソロモン王の輪の中に入り、一瞬たりとも留まることなく出立して、この鏡に今見える魂を地獄の哀れな暗き牢獄へと連れ去るまで休む事なきようそなたを召喚する。そなたのために冒瀆され数珠の一つ一つが嚙まれたことを知るこのロザリオにかけてそなたを召喚する。サタンよ！　サタンよ！　繰り返しそなたを召喚する」

するど、牢に閉じ込められた魂の哀れな呻き声と共に、鏡が割れた。三人の女たちは、静かに互いを見ながら、話すことを恐れ、動くことを恐れ、両手を十字に広げて、朝が来るのを待った。夜が明けてきた頃、館の扉を叩く大きな音が響いた。セルティゴスの村人が数人、月明かりで川に浮かんでいるのが発見されたアンヘル師の死体を担いで運んできたのだ……硬直した、剃髪した頭が、担架からぶら下がっていた！

＊1――盾を四分割した紋章がクォータリー。その一つ一つがさらに四分割されたものを一六クォータリーという。
＊2――カルリスタの中でもベルガラ協定に反対し抗戦を続けた一派。カルリスタ戦争とベルガラ協定については訳者あとがき参照。
＊3――グレゴリウス一六世（在位一八三一―四六）。次のピウス九世の時イタリア統一運動によって中世以来の教皇領が失われるので、ここではそれ以前の教皇が領土を持ち世俗的にも強い力を持っていたことを念頭に置いている。カルリスタ戦争において教皇庁はドン・カルロスの王位継承を支持していたので、亡命カルリスタの庇護も行った。
＊4――ラファエロ・サンティ（一四八三―一五二〇）のこと。
＊5――兵の拠出の代わりに領主が払った金。
＊6――本来は教会税だが、ここでは王に払う年収にかかる税。
＊7――第一次カルリスタ戦争でカルリスタ軍を率いた名将。訳者あとがき参照。
＊8――女侯爵と伯母は同じカルロータという名前なので、区別をするため伯母は一貫して「カルロータ奥様」と呼ばれている。

頭目《カベシーリャ》

Un cabecilla

ロウリス山のケルト時代の遺跡を訪れる際にガイドとなったあの老いたもの静かな水車番には、山の頂を飾っていた雪の如く厳しく、冷たく、身を切るような思い出がある。おそらくはこの上なく硬い花崗岩《かこうがん》に刻まれたかの如き目鼻立ち以上に、彼の悲劇的な物語が、縁なし帽《モンテーラ》の布地とほとんど見分けがつかないあの煙草臭い顔を私の心にかくも強烈に刻みつけたのだろう。目を閉じれば見えるかのようだ——樹齢百年の葡萄樹の幹の如く、節くれ立ち、乾き、がっしりした彼の姿が。その髪の灰色で窶《やつ》れた房は、取り壊された修道院の彫像の頬を不透明に覆い繁茂するあの苔の染みを想起させた。コルクのような唇は厳格な無関心を示し、襞《ひだ》がつけられていた。不動の思慮深い横顔を、エジプトのレリーフの無表情な頭部をしていた。いや、決して忘れることはないだろう！

恐るべきゲリラ兵士だった。第二次カルリスタ戦争の時、五人の息子と共に活動に身を投じ、百戦錬磨で献身的な面々から成る一部隊を数日のうちに築き上げることに成功した。時には部隊の指揮を息子のファン・マリーアに託し、巣穴をかまえる狼の如く、自信満々に山に入っていった。最も予想外の時に、あちこちを縛ったり修繕したりしてある自分の猟銃を背負って再び現れ、強制されてか進んでか隊列に加わることになる、不器用でびくびくした様子の村の若いのを一緒に連れて来た。行きと帰りには、家族がどうしているか、孫がどんな様子か、そして水車の石臼の具合がどうかを見るため、自分の水車小屋に立ち寄っていくのが常だった。ある夏の午後小屋にやって来ると、何もかもが掻き乱されていた。水車番の妻は葡萄棚の柱に縛りつけられて、不運をかこちながら、既に村に逃げ去っていた孫たちをむなしく呼んでいた。猟犬は痛めた脚を宙に上げたまま吠えていた。扉は銃尾で叩き壊され、穀粒と挽いた粉が床に絨毯の如く散っていた。捏ね桶《アルテサ》の上には中断された食事の残りがまだあり、囲い場《コラル》では古い栗の櫃がひっくり返され切り裂かれていた……頭目はこうした惨状を文句一つ漏らさずに見つめた。十分に状況を把握してから、妻に近づきながら、耳の遠い老人特有のあの調子外れな聴き取りにくい声で囁いた。

「黒服どもが来たのか？」

「あいつら、地獄に堕ちればいいのに！」

「何時に来た？」

「食事の時間だったかね。あんまりびっくりしたもんだから、はっきり思い出せないよ！」

「何人だった？　連中に何を喋った？」

水車小屋の番をしていた妻は一層激しく啜り泣いた。答える代わりに、世間の誰とも面倒を起こしたことのない貧乏人の家をこんなに酷く滅茶滅茶にしたあの悪党どもを一気にこき下ろした。夫は他人を信じないガリシア人の銅色の目で彼女を見た。

「ああ、くそったれ！　おまえなんかに俺が騙されると思ってるのか？　部隊がどこにいるのか連中に言いやがったな」

彼女は身も世もなく泣き続けた。

「あのエルサレムの処刑人どもがあたしをどんな目に遭わせたか、後生だから見ておくれよ！　主イエス様と全く同じに縛りつけやがったんだよ！」

ゲリラ兵は怒りに任せて猟銃を振りかざしながら繰り返した。

「ちゃんと答えやがれ、こん畜生！　何を喋った？」

「でも考えておくれよ、あんた！」

大きく溜息をつき、それ以上続けるのが怖くて口を閉ざしたが、それほど老人の皺だらけの顔に気圧《けお》されていた。夫はそれ以上繰り返さなかった。ナイフを取り出し、殺すつもりだと妻が思ったその時、縛っている縄を切ると、一言も言わずに、ついて来るようにと突き飛ばした。水車番の女はめそめそするのを止《や》めなかった。

「ああ！　大事な子供たち！　あんたたちがどこにいるのかを喋る前に、どうして焼き殺してくれなかったんだろう？　あんたたちは若くお日様みたいに輝いていて、あたしは墓穴に足を突っ込んだ年寄りなのに。神様のお許しを得るには、広い道やら狭い道やら、千年も巡礼をして歩かなけりゃならんだろうて。ああ、あたしの子供たち！　あたしの子供たち！」

哀れな女は心苛《さいな》まれ、髪の毛の灰白色の茂みに農婦の無骨な指を絡ませて歩いた。時に髪を掻き毟《むし》り呻《うめ》きながら足を止めると、夫が次第に陰気さを増しながら猟銃の銃尾で押しやったが、荒々しさも、怒気もなく、自身の牛舎で産まれた大層温和《おとな》しい雌牛が稀に足を引きずった時にするようなやり方だった。八月のある日の太陽に灼《や》かれた脱穀場を出て、パソ・デ・メリアスの牧草地を突っ切ってから、深い山道へと入って行った。女は溜息をついた。

「聖なる処女マリア様、この期に及んで見捨てないでくだされ！」

立ち止まることなく歩き、慰霊碑の建つ曲がり角にやって来た。頭目は土塀の上によじ登ると、そこから見える限りのものを慎重に見渡した。猟銃の撃鉄を起こし、雷管を確認してから、古くからのキリスト教徒らしい敬虔な緩慢さで十字を切った。

「サベラ、善き魂の慰霊碑の横に跪くんだ」

女は震えながら従った。老人は涙を拭った。

「神に身を委ねるんだ、サベラ」

「ああ、お願いだから、殺さないでおくれ！　あの子たちに何か悪いことが起きていないかどうかわかるまでだけでも待っておくれよ！」

ゲリラ兵は再び目頭を拭ってから、金鍍金《めっき》の細い鉄線の爪がついた木の数珠の古めかしいロザリオを腰から外して渡し、老女は啜り泣きながら受け取った。土塀の上で姿勢を整えると、厳めしく呟いた。

「オレンセの僧正様によって祝福された、死に際して罪を許す力が備わっているものだ」

自らも単調で冷たい呟き声で祈り始めた。時折落ち着かない一瞥を道に投げかけた。水車番の女は少しずつ落ち着いていった。尊重されてしかるべきその皺の溝には涙が震えながらとどまっていた。老人性の震えに揺れるその両手は、ロザリオの十字架とメダルを揺らしていた。胸を叩きながら体を折り、敬虔に地面に口づけした。老人は呟いた。

「終わったか？」

彼女はキリスト教徒らしい興奮に手を合わせた。

「イエス様、あなたの聖なる御意志のままに！」

しかし恐るべき老人が猟銃を顔に当て狙うと、恐れ戦《おのの》いて立ち上がり、両手を広げて彼の下へ走り寄った。

銃声が響き、老女は額に穴を開けて道の真ん中に倒れた。頭目は血に塗《まみ》れた砂地から反乱軍向きのロザリオ[*1]を拾い上げ、ブロンズの十字架に口づけをし、猟銃を背負うために立ち止まることもせずに山の方へと逃げ去った。少し前に、高所の間道に、治安警備隊員の被った三角帽子を望見していたのだ。

「殺さないでおくれ！　殺さないで、後生だから……」

白状すると、善良なウルビーノ・ピメンタルがビアナでこの恐ろしい話をしてくれた時、あの古く光沢のある樫に彫られたスフィンクスの如く内心のわからない男の、隠された花崗岩の如き硬い意志を尊重するのにうんざりして、ベンタ・デ・ブランデソでこの古くからのカルリスタと別れた時の、乱暴で封建的な自分の態度を思い出して、震え上がったものだった。

＊1――スマラカレギの時代以来、カルリスタはゲリラという性質もあり、捕虜を取らず敵兵は全て処刑するルールを定めていた。敬虔なカトリックでもあるカルリスタにとって、神父がいなくても処刑前に赦免が行えるこのようなロザリオは大いに役に立った。

聖エレクトゥスのミサ

La misa de San Electus

泉で各自水甕を満たしていた老女たちは、怯えた声であの不幸について噂していた。それは水車小屋から歌いながら戻ってきた三人の若者の話で、毎晩山から農家《カサル》に下りてきていた凶暴な狼に噛まれたのだ。三人の若者は、かつては林檎の如く赤い頬をしていたのに、今や蠟よりも黄ばんだ顔色になっていた。あらゆる満足を失い、毎日日溜まりに座って、痩せこけた両手を膝に回して組み、そこに顎先を埋《うず》めて過ごしていた。そして泉にお喋りをしに集まる老女たちは、彼らの前を通る時訊《たず》ねたものだった。

「セラの呪医には会ったかね?」

「あそこには三人揃って行ったよ」

「治し方を教えてはくれんかったかい?」

「この病は治しようがないさ」

「あんたらは間違っとるよ、若いの。神様を愛し奉りさえすれば、あらゆるものに手立てはあるもんだよ」

そうして老女たちは水の滴る水甕の下で背を屈《かが》めて立ち去り、三人の若者は後に残って、悲しげで打ち拉《ひし》がれた眼差《まなざ》し、死期が迫る病人のあの眼差しで彼女たちを追っていた。そうして何日も過ごしてきた後、最後の最後の希望の息吹に元気を取り戻し、聖エレクトゥスのミサを捧げるための喜捨を求めながら三人一緒に道を行くことにした。郷士の家の門にやって来ると、老いた奥方たちは彼らを助けてやるよう命じ、我々子供たちは、石造りの広いバルコニーに顔を出して、問い質《ただ》した。

「嚙まれたのはずっと前？」

「聖アマーロの日で三週間になりました」

「水車小屋からの帰りだったって本当？」

「本当ですよ、坊ちゃま方」

「夜遅かったの？」

「遅くはなかったけれど、月が覆われていて、道はずっと暗うござんした」

そうして三人の若衆は、喜捨を受け取ってから、先に進んだ。道々を再度巡って、あらゆる門口でどんな風に狼に嚙まれたかという話を語った。ミサに十分な喜捨を集めると、自分たちの村に戻った。日暮れ時で、狼が出て来たあの水車小屋の小道を黙って歩いていた。三人の若衆は漠とした恐怖を覚えた。日は沈んではおらず、三日月がうっすらとはや空に顔を出していた。心がこもっているかのように哀しく秋らしい明るさの午後だった。虹が村に架かり、暗い糸杉と銀色のポプラは橙がかった陽光を受け震えているようだった。三人の若衆は一列になって歩き、彼らの履く木靴が立てるぽくぽくという音だけが聞こえた。村に入る前に司祭館の所で足を止めたが、そこは道の端に位置する古い屋敷だった。教区司祭《アバド》がテラス《ソラーナ》を散歩していたので、彼らはへりくだり、縁なし帽《モンテーラ》を脱いでそこに上がった。

「神の平安を、教区司祭様！」

「神の平安を！」

「偉大なる聖エレクトゥス様にミサを挙げていただきたくてここに参りました」

「それなりの喜捨は集められたかね？」

「大勢にお願いしましたが貰えたのは僅かでした、教区司祭様」

「いつミサを挙げてほしいかね？」

「希望を言えるなら、明日お願いしたいんですが」

「明日挙げよう、だが明け方でないと、祭りに行こうと思っておるのでな……」

それから三人の若衆は、悲しげな単調な話し方で感謝をして、別れた。ずっと黙ったまま、列になって歩き、村に入ると、藁小屋《パハール》に身を寄せて夜を過ごした。明け方、最初に目覚めた者が残りの二人に声をかけた。

「立つんだ、小僧！」

不安でいっぱいの目をして、口からは涎《よだれ》を垂らしながら、やっとの事で起き上がった。残る二人は呻いた。一人が言った。

「俺は動けねえ！」

もう一人が、

「後生だから、助けてくれ！」

そして半ば藁に埋まって、哀しい窪んだ目を立っている仲間にじっと向けて啜り泣き、交互に愚痴をこぼした。一人は、

「日向《ひなた》に連れ出してくれ、ここじゃ寒くて死んでしまう！」

もう一人は、

「あんたの先祖の霊にかけて、こんな風に放りっぱなしにしないでおくれ！」

二人の声は同じように響いた。もう一人の仲間はぎょっとして問い質した。

「一体どうしたんだ?」

喉を絞められたような声が呻いた。

「哀れに思って、日向に連れ出しておくれ！」

立っていた仲間は助けようと近づいたが、二人の足が萎《な》えていたため、通りかかった奇特な人が助けてくれるようにと藁小屋の扉を開けて、二人をそこに残すしかなかった。二人と別れる時仲間は泣いていた。

「もうミサのための鐘が鳴っている。俺がおまえたちの分も聴いてくる。絶望するんじゃないぞ、偉大なる聖エレクトゥス様は俺たちみんなを治すことを望まれるだろうから」

小屋を出たが、喉を絞められたようなただ一つのものに思われる二つの声が道々聞こえ続けていた。

「俺を苦しみから解放してください、偉大なる聖エレクトゥス様！」

「偉大なる聖エレクトゥス様、俺をこんな藁の中で犬みたいに死なせないでください！」

教会の扉口で村の子供が一人、鎖を引いてミサの鐘を鳴らしていた。扉は開かれており、教区司祭はまだ司式用の服に着替えておらず、聖堂内陣に跪いていた。何人かの老女が石壁の影の中で祈っていた。黒色の羅紗《らしゃ》のマンティーリャで髪を覆っていて、時折咳が響いた。若者は木靴の音がしないようにしながら教会を突っ切り、十字を切りながら祭壇の段に跪いた。鐘を鳴らしていた子供が蠟燭を点しに来た。間もなく教区司祭が着替えて出て来て、ミサが始まった。若者は内陣の階段で体を丸め、熱心に祈っていた。体を起こしていられなくなり、地に倒れ伏して祝福を受けた。藁小屋に戻った時には這うのがやっとで、その日一日中三人の呻き声が、ただ一つのようになって村を満たし、藁小屋の扉口では常に誰かしら老女が好奇心をもって覗き込んでいた。その同じ夜三人の若者は死に、リネンのシーツで覆われ、担架で、サン・クレメンテ・デ・ブランデソにある匂い良き緑の墓地に埋葬するべく運ばれた。

仮面の王

El rey de la máscara

サン・ロセンド・デ・ゴンダールの司祭は、痩せた目端の利く老人で、修道士の如き横顔に、山の害獣の如く不機嫌で茶褐色の目をしていたが、ロザリオの祈りの後、午後の暮れ方に自分の司祭館に戻ってきた。冬季に凍《い》てついた田野の人気《ひとけ》なさを、幾本かの裸のポプラが辛うじて破っていた。道は枯葉に覆われ、日没の薔薇色の蒸気に揺蕩《たゆた》っていた。彼処《かしこ》、曲がり角には慰霊碑が建ち、喜捨のための献金箱は、錠前をこじ開けられて壊されて、空《うつ》ろな内奥を曝《さら》け出していた。司祭館は田野の中に孤立して、幾つかの水車からさほど遠からぬ所に建っていた。それは黒く、老朽化して皺だらけで、まるで日射にも雨にも負けず街道沿いの持ち場に就いて喜捨を乞う、あの乞食老女たちのようだった。強風と雨の予兆の黒い雲を伴い夜が迫りつつあったので、司祭は狩猟に慣れた身のこなしで、急ぎ足で歩いていた。彼は反乱軍《カルリスタ》の支援に赴くべく自分の教会や聖堂の銀を潰した後で、スマラカレギの霊のために無料でミサを挙げた、僧形の頭目たちの一人だった。年齢にもかかわらず背筋の伸びた姿勢を保っていた。青いモンテクリスト[*1]のポケットに両手を突っ込み、大きなつば付き帽子を被り、巨大な赤い傘を脇に抱えていた。テラスで番をしていた歯の抜けたポインターの喉を擽《くすぐ》ってから、教区司祭が台所に入ると、しゃきしゃきして健康的な身のこなしの村娘がちょうど夕食のために食卓を整えているところだった。

「何を忙《せわ》しなくしている、サベル？」

「見てよ、叔父さん……」

そう言って少し調理の火でのぼせて、豊かな栗色の髪の束を花柄のスカーフで結び項《うなじ》でまとめたサベルは微笑みながら、肘よりずっと上まで白い真っ白な腕を見せて薹《とう》の粗布のシャツの袖を捲り、乳離れしていない仔牛の如くご機嫌で、麦穂の如き金髪で、花咲く緑の枝のようにふくよかに、甕《かめ》の口の上に載った金色のフィジョアの大皿を見せた。それはガリシアで謝肉祭《カーニバル》を祝う古典的かつ伝統的な料理だった。司祭は贅沢に慣れた老人らしい誘惑に駆られ味見をすると、竈《かまど》の火の温もりが当たるスツールに腰かけて、ポーチから真っ黒な煙草の組紐を取り出し、爪でつついては両掌で擦って粉にする一連の行為を、延々、とてもゆっくりと行っていた。まだこの作業をしていた時に、外で犬が吠え出し、右へ左へと嗅ぎ回っては、足を止めて前足で扉を引っ掻くのを執拗に続けたため、司祭はやむなくかくの如き騒ぎの原因を調べるべく立ち上がった。

「罰当たりの畜生めが！」

サベルは少し動揺して囁いた。

「狂犬病に罹《かか》ったのかしら？」

「狂犬病とは、いやはや！　狂犬病だったらあんな吠え方はせんよ」

ちょうどその時小道で流しの楽隊が演奏を始めたが、あまりに大音量で耳障りなので、地獄から抜け出してきたかの如く思われた。貝殻やタンバリンを叩き掻き鳴らす音、陰気な角笛の呻き声、調子の外れた四弦ギター、トライアングル、鍋の甲高い音。サベルは窓を開けて、暗闇を窺った。

「あら、仮装行列《マスカレード》だ！」

娘を認めるやいなや楽隊員たちは、跳んだり跳ねたりしながら大声を上げ始め、顔を隠している者ならではの大声と無遠慮さを振りまきながら家の中に入ってきた。総勢は六人に上り、悪魔の如く煤《すす》で黒く塗り、女や兵士、乞食の服で仮装していた。黒眼鏡に、蘁で作ったとても長い髭、古びた大きな帽子、継ぎの当たった襤褸《ぼろ》服が、彼らを悍《おぞ》ましい予兆の如く感じさせていた。輿《こし》に載せて、国王か皇帝の服を着せて、紙の王冠と葦の王杖を持たせた案山子を連れてきていた。顔としては酷く下卑たボール紙の仮面をつけて、仮装の残りは白いシーツで仕上げられていた。

司祭は無骨な礼儀正しさで仮面を取って一杯飲むよう促したが、彼らは顰《しか》め面や、片膝を折った跪拝、グロテスクな頷きをしながら、早口でぼそぼそとお世辞を言って、断った。輿を床に下ろすと、台所で大騒ぎをし、とても下卑たやり方で聖職者と娘を騒ぎに引き込んだが、それでも二人は屈託のない気持ちの良い笑いでそれを祝うのを止めなかった。ただ犬だけが、竈の下に潜り込んで、歯を剝いて吠えまくっていた。教区司祭は自分の畑の葡萄から作ったワインを味見していくようにと食い下がり、遂には腹を立てた。一〇レグア[*2]四方でこれ以上のワインは作られていなかった。神が与えたもうたままの純粋なワインで、くだらぬ添加物は火酒も、砂糖も、質の劣るワイン《カンペチエ》も入っていなかった……手提げランプに火を点し、黒ずんだ梁に掛けられていた多くの鍵の中から緑青の浮いたものを一つ外すと、酒蔵に通ずる細い階段を下った。下から叫ぶのが聞こえた。

「サベル！　大きな水差しを持って来てくれ」

「今行きます、叔父さん！」

サベルは火からフライパンを離すと、水差しを外して、暗い口の中に姿を消したが、まるで怪物に呑み込まれたようだった。その時、仮面を被った連中の一人が窓に近づき、音を立てないようにしながらゆっくりと開いた。一陣の風が引っかけ式のランプを消し、部屋は暗くなった。ただ見えるのは熾火《おきび》の赤い血のような色の輝きと、竈の暖まった石材の上で微睡《まどろ》みながら優しく尾を揺らす猫の瞳の悪魔的な燐光だけだった。突然深い静寂が支配した。一人の声がとても低く呟いた。

「ひとっ子一人通りゃしねえ!」

「じゃあ行こうか……」

手探りで扉を探し影の如く姿を消した。酒蔵の階段では既に主たちの足音が響いていた。サベルが先に立っていたが、暗闇の中に足を踏み入れるのを躊躇《ためら》い、立ち止まった。他の連中が開けっ放しにしていった窓から、雲に覆われた空と雪で白くなった道が見え、そこに月の光が震えながら憂鬱そうに落ちていた。

「行っちゃった!」

そしてサベルは何故とは知らず恐怖を覚えた。司祭は、手提げランプを持って後から来て、陽気に応じた。

「悪戯《いたずら》っ子どもが! すぐに戻ってくるさ」

戻らないはずがあろうか? そこに、台所の真ん中には王がいた、その不動の厳粛さにおいてグロテスクに、紙の王冠、葦の王杖、藁で編んだ白いマント、ボール紙の道化じみた仮面をつけて……サベルははや気を取り直して数歩進むと、その唇に水差しを近づけた。

「お飲みになりますか、王様？」

一秒の後、水差しを離すと、仮面が下に滑り落ち、黄ばんだ額と、ガラスの如くになった、ぞっとするような、恐ろしい眼が露わになった。

「聖母マリア様！」

そして娘は、震え上がり、壁にぶつかるまで後退《あとじさ》った。司祭は叱った。

「おまえは何て失礼なことを！」

「違う……違うの……叔父さん……だって死んでいるの！」

そうして老人にしがみつきながら、村娘特有の、目を閉じて逃げ出すのではなく、見ようと近づこうと突き動かす恐怖のために、胸をどきどきさせながら近寄っていった。教区司祭は意を決して仮面を投げ捨てた。それからランプを掲げ、不動の白い仮装の上に光を投げかけた。注意深く、素速く、驚愕のために目を見開いて相手を見つめ、老人性の手の震えのために揺れている手提げランプを下ろしながら、色を失い嗄《か》れた声で呟いた。

「おまえには誰だかわかるかね？」

彼女は答えた。

「ブラドミンの教区司祭様です」

「そうだ……明日彼の魂のためにミサを挙げよう」

サベルは全身を震わせ、呻きながら、自分たちが何をしたからこんな目に遭うのか訊《たず》ね、自分たちの不運を、司直がこれを知ったらどうなるかを嘆いた。

「叔父さん……叔父さん！　水車小屋に報《しら》せたらどう？」

　司祭はしばし黙想した。

「だめだ——他のどこよりもあそこはだめだ。水車番の二人の息子があの連中の中にいたように思う。だが死体は囲い場に、オレンジ林の側に埋めればいい」

「でもソブランの長子相続人《ビンクレーロ》の下男みたいに犬に見つけられたら？　覚えていない？」

「だがあいつとここに一緒にいるわけにはいかん。針金雀枝《はりえにしだ》はあるか？」

「少しはあるけど」

　そこで教区司祭は窓の所に行って閉めると、念を入れて閂《かんぬき》を差し、同じことを扉にもした。

「今度はその犬を黙らせるんだ。誰か来ても応えるんじゃない。そんなことをすれば家が潰れてしまうからな！　わかったか？」

　長くゆったりとしたフロックコート《レビトン》を脱ぐと、農業用のフォークを握って酒蔵に降りた。まもなく巨大な針金雀枝の束と麦藁の束を持って戻ってきた。竈の残り火の側にしゃがみ、膝に顔を埋めて呻いていたサベルの前にそれをどさっと落とすと、竈に火を熾《おこ》すよう命じた。少女は震え止《や》まぬまま、幽霊の如く蒼冷《あおざ》めて、おとなしく体を起こした……乾いた薪の立てるチリチリという音や軋《きし》む音の楽と共に、炎が竈の奥行きのない黒い口を塞ぐのに時間はかからなかった。火の点いた息の一吹きのように、台所の真ん中まで炎が伸びた。その燃える反射光は死者の蒼白な面《おもて》に生きているかの如き外貌を与えた。司祭は死体を括り付けられていた輿から外し、サベルを遠ざけながら、竈に頭から突っ込んだ——だが硬直していたため、胴体が炭化するのを待ってから残りを入れなければならなかった。教区司祭が火を掻き立てるのに用いていたフォークで押し込まれ足が見えなくなると、サベルは息も絶え絶えにベンチに崩れ落ちた。

「ああ！　イエス様、何て恐ろしいことでしょう！」

司祭はワインを一杯飲んだら元気が出るぞと言って、手本を示すために水差しを口に持っていき、かなりの間そのままにしていた。サベルは泣きべそをかき続けていた。

「盗みを働くために無理矢理殺したんだ！　それ以外ありえない。誰とも揉め事を起こしたことのない神様に祝福された方だったのに！　パンのように善良で！　代官様のように丁重で！　他の誰にも負けないほど慈善家だったのに！　聖処女様、何て腹黒い連中なの！　主の祝福された御母上様！」

嘆きが突然止み、立ち上がると、細心にも細心を尽くした用心深さで灰を掃き、震える両手で竈の黒い口を塞いだ。司祭はベンチに腰掛け、もう一本分煙草を突いては解《ほぐ》すと、陰気な落ち着きをもって呟いた。

「哀れなブラドミン！　あんたが窯焼きにされたことに神の御加護がありますように！」

＊1――上着かコートの一種のようで、八一頁のレビトンと同じもののようだが、不詳。
＊2――昔の距離の単位。一レグア＝約五・五七キロメートル。

我が姉アントニア

Mi hermana Antonia

I.——世界的な聖地の一つであるガリシアのサンティアゴ・デ・コンポステーラでは、人々の魂は今なお奇蹟に開かれた目を持ち続けている！……

II.——ある午後、姉のアントニアは私の手を引いて大聖堂に連れて行った。アントニアは私より何歳も年上だった。背が高く蒼白で、黒い目と少し寂しげな微笑みをしていた。死んだのは私が子供の頃だった。午後になるといつも私を大聖堂に連れて行ったが、その時の声と微笑と氷の如きその手の冷たさをどれほど覚えていることか！……何よりも、青いケープに頭まで身を包み柱廊《アトリオ》に囲まれた前庭を歩き回っていた一人の学生を見るその目と、その悲劇的な輝きを覚えている。あの学生は私には恐ろしかった。背が高く痩せ細っていて、死人の如き顔、そして上品で硬い眉の下に虎の目を、恐ろしい目をしていた。更に死人らしさが増すことに、歩くと膝の骨が軋《きし》んだ。母は彼が大嫌いだったので、見ないで済むよう、銀細工師《プラテリーア》の前庭に面した我が家の窓を閉ざしていた。あの午後は、覚えている限りでは、いつもの午後の如く、青いケープにくるまって歩き回っていた。大聖堂の扉のところで私たちに追いつくと、身に纏うケープの下から骸骨の如き手を出して、聖水を取り、震えている姉に献じた。アントニアは彼に懇願の眼差《まなざ》しを向け、彼は微笑みを浮かべ囁いた。

「僕は絶望しています！」

III.――私たちが小聖堂《カピーリャ》の一つに入ると、そこでは数人の老女が十字架の祈りを捧げていた。大きく暗い小聖堂で、その厚板を張られた床《タリーマ》はロマネスク様式の穹窿《きゆうりゆう》の下、物音に満ちていた。私が子供だった頃、あの小聖堂は私にとって田舎らしい平安を覚えられる場所だった。古い栗の葉叢の如き、幾つかの扉の前にある葡萄棚の如き、山の隠者の洞窟の如き、陰になった場所がもたらす悦びを与えてくれた。午後にはいつも十字架の祈りを捧げる老女たちの合唱があった。女たちの声は、熱心な一つの囁きに溶け合わされ、穹窿の下で開き、暮れ方の太陽の如くステンドグラスの薔薇を照らすかに思われた。鼻にかかった声の栄光に満ちた祈りが宙を舞うのが感じられた。壇上を裳裾が引き摺《ず》られる微《かす》かな音が、聖務日課書を見ながらキリストの受難を読み上げる司祭の肩の上で、侍者の少年が火の点いた蠟燭を掲げながら揺らす銀の鈴の音《ね》が。おお、コルティセラの小聖堂よ、かくも老いかくも疲れた我が魂は、いつになればそなたの傷を癒やす暗がりに再び身を沈めることを得るのだろうか？

IV.——私たちが家に帰るべく大聖堂の前庭を突っ切っていた時は、小雨が降り、日は暮れていた。玄関ホールは広くて暗かったので、姉は怖くなったのだろう、私の手を放すことなく階段を駆け上がった。家に入った瞬間、私たちは母が控えの間を横切り、扉の一つから姿を消すのを見た。私は、何故とは知らず、好奇心と怖れに胸塞がれて姉を見上げ、姉は何も言わずに身を屈《かが》め私に口づけをした。人生についてまだ何も知らぬ状態にありながら、私は我が姉アントニアの秘密を察した。筒の壊れたケンケ灯[*1]が煙《けぶ》るあの前室を横切る時、それが自分の上に死に値する罪の如く重くのしかかるのを感じた。炎は二つの角《つの》の形に上がっており、悪魔を思わせた。夜になってから、横になり暗がりにいると、この類似は私の中で巨大化し、その夜私を眠らせなかったばかりか幾晩にもわたり我が心を乱しに戻ってきた。

V.――雨の午後が数日続いた。学生は雨が止《や》んでいる間は大聖堂の前庭を歩き回っていたが、姉は十字架の祈りを捧げに出かけようとはしなかった。私は幾度か、萎《しお》れた薔薇の芳香が満ちた広間で自習している間に、窓を細く開けて彼を見た。一人で、引き攣《つ》った微笑を浮かべて歩き回っており、日暮れ時にはその容貌がまさに死人《しびと》と紛うばかりで、恐ろしいほどだった。私は震えながら窓から遠ざかったが、勉強が頭に入らないまま、彼を見続けていた。広く、閉ざされた音響の良い広間にあって、痩せこけた脚と膝蓋骨を軋ませて彼が歩くのを感じていた……猫が扉の向こうで鳴いていて、私にはその鳴き声が学生の名前を確認しているように思われた――

マクシモ・ブレタル！

VI.――ブレタルはサンティアゴの近くの、山間の集落である。彼処《かしこ》では、老人たちは先の尖った縁なし帽《モンテーラ・ピカーダ》と粗布《サージ》のチュニック《サヨ》を身に纏い、老女たちは家よりも暖かい厩舎で糸を紡ぎ、堂守は教会の前庭で学校を開く。子供たちは教会の棕櫚葉紋《パルメット》の下で、既に特権の取り消された長子相続の名家《カサ・デ・マヨラスゴ》の特権文書を一本調子で唱えながら、村長や書記の使う一六・一七世紀の筆記体《レトラ・プロセサル》を学ぶ。マクシモ・ブレタルはそこの名家の出だった。サンティアゴには神学を学びにやって来て、初めの頃は、蜂蜜売りの老女が故郷の村からその週の分の玉蜀黍《とうもろこし》パンと塩漬けの豚肉《トシーノ》を持って来てくれた。僧職を目指す他の学生と、宿料のみ賄いなしの宿《ポサーダ》で暮らしていた。こうした人々がコデオと呼ばれる貧しい神学生だ。我が家に私のラテン文法の家庭教師として入った時、マクシモ・ブレタルは既に下位階を授かっていた。慈善事業として雇うよう母に彼を推薦したのはブレタルの司祭だった。レースの被り物《コフィア》をした老女が礼を言いに来て、手土産としてレイネット種の林檎を一籠持ってきた。あの林檎の一つに、我が姉アントニアにかけられた魔法が仕掛けられていたに違いないと、後になって噂されたものだった。

VII.——私たちの母はとても慈悲深く予兆《アグエロ》も魔術《ブルヘリーア》も信じていなかったが、娘を消耗させている情熱の言い訳をするために、信じている振りをしたことがあった。アントニアはその時分、ブレタルの学生同様、既にこの世の者ならぬ雰囲気を漂わせ始めていた。彼女が広間の奥で刺繡をする姿を覚えているが、鏡の奥に見えるかの如く朦朧《もうろう》と、本当に朦朧としており、別の生のリズムに応ずるような緩慢な動きと生気のない声をして、私たちから遠くにあるような微笑を浮かべていた——全身白く物哀しく、黄昏の神秘に揺蕩《たゆた》う如く、あまりにも蒼冷《あおざ》め、月の如く暈《かさ》がかかっているようだった……そして母は、扉のカーテンを持ち上げ、彼女を見て、再び音もなく離れてゆく！

VIII. ——金色に輝く太陽が仄かに覗く午後が戻り、姉は以前と同じく、コルティセラの小聖堂で老女たちと共に祈るべく私を連れて行くようになった。私は再びあの学生が現れ、私たちの通る先へと聖水の滴る幽霊の如き手を差し伸べてくるのではないかと震えていた。びくびくしながら姉を見ると、彼女の口元も震えていた。マクシモ・ブレタルは、毎午後前庭にいたが、私たちが近づくと姿を消し、後ほど、大聖堂の身廊を横切る時、アーチの影にその姿が浮かび上がるのが見えた。私たちが小聖堂に入ると、彼は扉の石段で跪き、我が姉アントニアが踏んだばかりの敷石に口づけをした。ケープを肩に掛け両手を合わせ、そこに墓所の彫像の如く跪いたままでいたものだった。ある午後、私たちが小聖堂から出て来ると、私の前にその影の如き腕が伸び、アントニアのスカートの端をその指の間にしっかりと組み込むのが見えた。

「僕は絶望しています！……どうしても耳を貸してくださらなければ、どれほど僕が苦しんでいるのか御承知にならなければいけません……もう僕には目を向けたくもないのですか？……」

アントニアは花の如く白い顔で囁いた。

「お放しください、ドン・マクシモ！」

「放しません。貴女《あなた》は僕のもの、貴女の魂は僕のものです……肉体は欲しません、いずれ死がそれを奪いに来るでしょうから。僕を見てください、貴女の目が僕の目に告解をするかの如くに。僕を見てください！」

そうして蠟で出来ているかの如き手が姉のスカートをあまりにも引っ張ったので、破けてしまった。だがその時には姉の無垢な目はあの澄んだ恐ろしい目に告解をしてしまっていた。私はそれを思い出して、その晩暗がりの中で泣いた。まるで姉が私たちの家から逃げ出してしまったかの如くに。

IX. ——私は萎れた薔薇の芳香に満ちたあの広間でラテン語の勉強を続けていた。時として午後に、母が影の如く入ってきて、応接間に消えていった。私は彼女が緋色のダマスク織の大きなソファの片隅に体を埋めて溜息をつくのを感じ、彼女のロザリオの立てる微《かす》かな音を察した。母はとても美しく、色白で金髪で、いつも絹服を纏い、片手には指が二本欠けているため黒い手袋をして、もう一方の手はカメリアに似て、全体が宝飾品で覆われていた。この手の方に私たちはいつも口づけをし、彼女はこの手で私たちを撫でてくれた。もう一方、黒い手袋の方は、大抵レースのハンカチの間に隠されていて、十字を切る時だけその全体が現れたが、彼女の白い額の前で、薔薇の如き口の前で、リッタの聖母[*2]の如きその胸の前で、あまりに哀しげにあまりに陰鬱に見えた。母は応接間のソファに身を沈めて祈り、私は細く開けたバルコニーから入る日光を利用するため、反対側の端で、チェッカー盤の付いた古い円テーブルの一つの上に文法書を開いてラテン語を勉強していた。あの儀礼用の部屋は広く、閉め切られ、反響が良く、暗くてほとんどものが見えなかった。時に母は祈りから日常に戻って来て、私にもっとバルコニーを開くよう言ったものだった。私は黙って従い、この許可を利用して前庭を見たが、そこでは黄昏の靄《もや》の間であの学生が歩き回り続けていた。ある午後、突如、見ているうちに姿が消えた。私がラテン語を唱えに戻ると、広間の扉が叩かれた。それはフランシスコ会の修道士で、少し前に聖地から戻ったばかりだった。

X.——ベルナルド神父はかつて母の聴罪司祭で、巡礼から戻るに際して母にオリベート山のオリーブの種で作られたロザリオを持ってくるのを忘れてはいなかった。高齢で、小柄で、大きくて禿《は》げた頭をしていた——大聖堂のポルティコのロマネスク様式の聖人を思い出させた。私たちの家を訪れたのは、サンティアゴの修道院に戻って以来、あの午後が二回目だった。私は彼が入ってくるのを見ると、文法書を放って、その手に口づけをしに走った。祝福を受けるのを待ちつつ跪いて彼を見ていたが、角《つの》が生えているように見えた。

ああ、その悪魔の悪戯に戦《おのの》いて、私は目を閉じた！　寒気と共にそれが奴の罠であることを、母とアントニアの前で大きな声で読み始めていた聖人伝に伝えられているような罠であることを悟った。私に罪を犯させるための罠、パドゥアの聖アントニウスの生涯で語られるものに似た罠だった。私の祖母であれば生き聖人と呼んだであろうベルナルド神父は、かつて導いた仔羊である母に挨拶をするのに気を取られ、五分刈りの哀しげな、空飛ぶ翼ででもあるかの如く大きな耳がとても離れてついている私の頭の上で祝福を唱えるのを忘れてしまった。それは幼年時代の陰気な鎖――その日のラテン語、死者への、夜への恐怖――の重さがのしかかる子供の頭だった。修道士は低い声で母と話し、母は手袋をはめた手を上げた。

「ここから出ていなさい、坊や！」

XI.　――母の乳母だった老女、バシリサ・ラ・ガリンダが、扉の背後で身を屈めていた。私が見ると服を摑んで押し止め、皺だらけの掌を私の口に当てた。

「大声を出さんでよ、わんぱく坊ちゃん」

私は彼女をじっと見つめたが、それは彼女が大聖堂のガーゴイルと奇妙に似ていたからだった。彼女は少ししてから、優しく私を押しやった。

「お行き、ちびちゃん！」

私は肩を振るって、煤《すす》の如く黒い皺の入ったその手を払うと、その横に留まった。フランシスコ会士の声が聞こえた。

「魂の救済がかかっているのです……」

バシリサが再び私を押した。

「お行きよ、あんたは聞いちゃいけないんだから……」

そうして体を二つに折るようにして、扉の格子隙間から覗き込んだ。私はその近くにしゃがんだ。こうなってはこんなことを私に言うだけだった――

「聞いたことは思い出さないようにするんだよ、わんぱく坊ちゃん！」

私は笑い出した。本当にガーゴイルそっくりだった。犬か、猫か、狼かは分からなかった。だが大聖堂のコーニスで、前庭の上に顔を突き出したり身を伸ばしたりしているあの石の像と、奇妙なまでに似ていた。

XIII. ――広間で話すのが聞こえた。長い間フランシスコ会士の声が――

「今朝私どもの修道院に、悪魔に誘惑された若者が一人参りました。私に話したところによれば、不幸にも恋に落ち、絶望のあまり、地獄の知識を手に入れることを望んだのです……真夜中だったので、悪魔の力を請い求めました。悪の天使は星空の下、その蝙蝠の翼を振る際に引き起こされる大きな風の音でいっぱいの広い灰の原に現れました」

母の溜息が聞こえた。

「ああ神様！」

修道士は続けた。

「サタンは彼に、契約を結べば、お前の恋愛を成就させてやると言いました。若者は洗礼を受けたキリスト教徒のため迷い、十字を切って相手を遠ざけました。今朝、明け方に私たちの修道院にやって来て、告解室の秘密に守られて私に告白しました。悪魔に関わる実践はやめるよう言いましたが、拒否されました。私の助言は彼を説得するには不十分でした。あの魂は地獄に堕ちることでしょう！……」

再度母が呻いた。

「娘は死んだ方がましです！」

すると修道士の声が、恐怖の神秘に包まれて、続けた。

「彼女が死んだら、もしかしたら彼は地獄に打ち勝つかもしれません。生きていたら、もしかしたら二人もろともに破滅するかもしれません……貴女のような哀れな女性の力では、地獄の知識に対抗して闘うには十分ではありませんから……」

母は啜り泣いた。

「それでは、神の恩寵は！」

長い沈黙があった。修道士は答えを熟考しながら祈っていたに違いなかった。バシリサ・ラ・ガリンダは私を胸に押しつけていた。修道士のサンダルの音が聞こえ、老女が私を締め付けていた両腕を少し緩めたので、体を起こして逃げようとした。だがその後響いたあの声に留められ、じっとしたままでいた。

「恩寵はいつも私たちと共にあるわけではないのです、娘よ。泉のように湧きだし泉のように枯れるのです。ただ己の救済だけを考え、他の被造物への愛を一度も感じない魂があります。それが枯れた泉です。お答えください——貴女の心は一人のキリスト教徒が破滅の危機に曝《さら》されていると知らされて、どのような心配を抱きましたか？　地獄の力とこの黒い協定を避けるべく貴女は何をしますか？　彼に娘さんとの交際を認めなければ、そのせいで娘さんはサタンの手に落ちるかもしれないのです！」

母は叫んだ。

「神聖なるイエス様ならもっとできることがおありです！」

すると修道士は復讐心のこもった声で答えた。

「愛は全ての被造物に対して平等であらねばなりません。父を、息子を、あるいは夫を愛するのは、泥人形を愛することです。知らずして貴女もまたその黒い手で、ブレタルの学生同様、十字架を鞭打っているのです」

　母の方に両腕を広げているに違いなかった。その後離れてゆくかの如き物音が聞こえた。バシリサは私と一緒に逃げ出したが、その時二人とも一匹の黒猫がそばを通るのを見た。ベルナルド神父はと言えば、誰も出て行くのを見なかった。バシリサはその午後修道院に行き、戻ってくると、神父はとある任務を帯びて何レグア[*3]も離れたところにいると言った。

XIII. ――いかに雨が窓ガラスを叩き、いかに全ての部屋で午後の光が物哀しかったことか！

　アントニアはバルコニーの近くで刺繍をし、私たちの母は長椅子《カナペ》に横たわって、姉をじっと、ガラスの目をした人形の魔法をかけるようなあの眼差しで見ている。我らが魂の周囲は深い沈黙で、ただ時計の振り子の音だけが聞こえていた。アントニアは一度は編み針を持ち上げたまま夢を見ていた。彼処《かしこ》、応接間で母が溜息をつき、姉は目覚めるかの如く瞼を震わせた。その時数多《あまた》の教会であらゆる鐘が鳴った。バシリサが灯りを持って入ってきて、扉の後ろを見てから、窓に閂《かんぬき》を差して回った。アントニアは再び刺繍の上に体を傾けて夢見始めた。母は私を手振りで招いて、近くに留めた。バシリサは自分の糸巻き棒を持ってきて、床に、長椅子の側に座った。私は母の歯がカスタネットの如く音を立てているのを感じた。バシリサが彼女を見ながら膝立ちになると、母は呻いた。

「長椅子の下で引っ掻いている猫を追い出して」

バシリサは屈み込んだ。

「猫はどこにいます？　あたしには見えません」

「気配もないの？」

老女は糸巻き棒で叩いてみながら、答えた。

「気配もありません！」

母は叫んだ。

「アントニア！　アントニア！」

「ああ、どうしたの、お母さま！」

「何を考えているの？」

「何も、お母さま！」

「あなたには猫が引っ掻いているのが聞こえるでしょう？」

アントニアはしばし耳を澄ませた。

「もう引っ掻いていないわ！」

母は全身総毛立っていた。

「私の足の前で引っ掻いているのに、私にも見えない」

私の両肩に置かれたその指が引き攣っていた。バシリサは灯を近づけようとしたが、全ての扉を音立てて閉ざした突風のために、手の中で消えてしまった。そこで、母が姉の髪を掴み押さえつけながら叫んでいる一方で、老女は用意してあったオリーブの枝を用いて、家の隅々に聖水を振り撒き始めた。

XIV. ――母は自分の寝室に引き上げ、ベルが鳴ったので、バシリサが駆け参じた。その後、アントニアはバルコニーを開き、広場を夢遊病者の目で眺めた。後退《あとじさ》りして室内に戻ると、それから広間を抜け出した。私は独り、午後の光が息絶えようとしているバルコニーのガラスに額を押しつけたまま残された。家の内部で叫び声がするのを聞いたように思ったが、その叫びが私は子供だから知らない振りをしなければならぬ何かであるかのような漠然とした印象を受けて、動けずにいた。バルコニーの窪みから動かぬままに、おどおどと子供っぽく筋道を立てようとあれこれ考えてみたが、暗い部屋で起きた急な叱責とその後母たちが部屋に閉じこもったことの、あの雲がかかったような記憶のために、考えは全く混乱したままだった。遊ぶのをやめ目を大きく見開いて老女たちの会話を聞く早熟な子供特有の、あの痛々しい記憶が私の魂を包んでいた。少しずつ叫び声は止《や》み、家が静まり返ると、私は部屋を抜け出した。扉から出ようとした時、ラ・ガリンダに会った。

「騒がしくしないでね、わんぱく坊ちゃん！」

母の寝室の前で、足を止め爪先立ちになった。扉は半ば閉ざされ、中から辛そうな囁きと強い酢の臭《にお》いがしてきた。私は扉の隙間から、扉を動かさず音も立てずに入った。母は頭にたくさんスカーフを載せて、横になっていた。シーツの白さの上で、黒い手袋を嵌《は》めた手の側面が際立っていた。目は開いていて、私が入るとそれを扉の方に向け、頭は動かさずに、言った。

「坊や、私の足下にいるその猫を追い払ってちょうだい！」

私が近づくと、床に黒猫が跳び、走って出て行った。バシリサ・ラ・ガリンダは扉のところにいて、やはり猫を目撃していたが、私が無垢だから追い払えたのだと言った。

XV. ――そして私は母が、あるとても長い一日、窓を半ば閉ざした日の入らない部屋の物哀しい光の中にいる姿を思い出す。自分の肘掛け椅子でじっとして、両手を十字に重ね、頭にたくさんのスカーフを巻き、白い顔をしている。話はせず、他の者が話す時には目を向け、じっと見つめて、黙らせる。あれは時の止まった一日、全てが午後半ばの薄闇にある。そしてこの日は寝室に灯りを持った人々が入って来たことで、突如として終わる。母は叫び声を上げている。

「その猫！……その猫！……引き剝がしてちょうだい、背中にぶら下がっているのよ！」

バシリサ・ラ・ガリンダは私の所に来て、とても謎めいた様子で私を母の方に押しやった。彼女は身を屈めると、顎先を震わせ、黒子《ほくろ》に生えた毛を私の顔にかすめさせながら、耳元で話しかけてきた。

「手を十字に重ねて！」

私は手を重ね、バシリサはそれを母の背中に押し当てさせた。その後低い声で問い質《ただ》してきた。

「何を感じる、坊や？」

私は怯えて、老女と同じ声のトーンで答えた。

「何も！　何も感じないよ、バシリサ」

「炎のようには感じられない？」

「何も感じないよ、バシリサ」

「猫の毛皮も？」

「何も！」

そして私は母の叫び声に怯えて泣き出した。バシリサは私の腕を取って廊下に連れ出した。

「ああ、わんぱく坊ちゃん、あんたは何か罪を犯したんだね、そのせいで悪い敵を追い払えなかったんだ！」

彼女は寝室に戻った。私は恐怖と不安でいっぱいで、まだ子供であるのに犯したという罪の事を考えながら、廊下に残された。寝室では叫び声が続き、人々が灯りを持って家中を右往左往していた。


XVI. ──あのかくも長き一日の後には、同様にとても長い夜が来て、聖像の前では灯りが点され、開かれる度に軋む扉の隙間では、低い声で会話がなされていた。私は廊下で、二本の蠟燭を立てた燭台があるテーブルの近くに座り、巨人ゴリアテの物語について考え始めていた。アントニアが目をハンカチで隠して通りかかり、影の如き声で言った。

「そこで何をしているの？」

「何も」

「どうして勉強しないの？」

私は母が病気だというのに何故勉強しないのかを聞いてくることに驚いて姉を見た。アントニアは廊下を遠ざかり、私は石の一撃で死んでしまったあの異教徒の巨人の物語について再び考えた。あの時代私は何にも増して少年ダビデが投石器を操る巧みさに憧れていた。川沿いに散歩に出たら練習しようと決意した。そのうちブレタルの学生の蒼冷めた額に石をぶち当ててやろうという、漠とした小説めいた予感のようなものを抱いていた。するとアントニアが、ラベンダーの燃えている香炉を持って、再び通りがかった。

「どうして寝ないの、坊や?」

そして再び廊下を小走りに去っていった。私は横にはならなかったが、頭をテーブルにもたせて眠り込んだ。

XVII. ――それが一晩だったのか、幾晩も続いたのかはわからない。家はいつも暗く灯りは常に聖像の前に点されていたので。夢の間に間に、母の叫び声が、召使いたちの謎めいた会話が、扉の軋みが、そして街路を通る何かに付けられた鈴の音《ね》が聞こえた。バシリサ・ラ・ガリンダが燭台を取りにやって来て、いったん持っていって、二本の新しい蠟燭を付けて持ってきたが、ほとんど明るくならなかった。こうした折々の一つで、テーブルからこめかみを上げた時、反対側に座って縫い物をしているシャツ姿の男性を見た。とても小柄で、額は禿げ上がり、肌色のチョッキを着ていた。微笑みながら私に挨拶した。

「眠っていたね、勉強家の坊ちゃん《プエル》？」

バシリサが蠟燭の芯を切って明るくした。

「あたしの弟を覚えていませんかね、わんぱく坊ちゃん？」

眠気の霧の中で、私はファン・デ・アルベルテさんを思い出した。老女が私を大聖堂の塔に連れて行った午後に何回か会ったことがあった。バシリサの弟は、僧衣を繕いながら、穹窿の下で縫い物をしていた。ラ・ガリンダは溜息をついた。

「終油の秘蹟をしてもらうようコルティセラ教会[*4]に報《しら》せるためにここにいるのよ」

私は泣き出し、二人の老人は音を立てないようにと言った。母の声が聞こえた。

「その猫を私のところから追い払って！　その猫を追い払って！」

バシリサ・ラ・ガリンダは、屋根裏に通ずる階段の下にあったあの寝室に入り、黒い木の十字架を持って出て来た。はっきりしない言葉を少し呟き、私の胸と、背中と、脇で十字を切った。それから私に十字架を渡し、彼女は弟の鋏を手にした——仕立屋の、大きくて錆びた、開く時に鉄の音を立てる鋏を。

「お頼みになっておられるように、解放してあげなければ……」

私が手を引いて母の寝室に連れて行かれると、母は叫び続けていた。

「その猫を追い払って！　その猫を追い払って！」

敷居の上で、低い声で助言された。

「そっと静かに近づいて、枕の上に十字架を置きなされ……あたしはここ、扉のところで待っています」

　私は寝室に入った。母は身を起こし、髪を振り乱し、両手を伸ばし、指を鉤爪のように拡げていた。片手は黒くもう片手は白かった。アントニアは母を、蒼冷め、懇願するように見ていた。私は迂回して通り過ぎながら、姉の目を正面から見たが、黒く、深く、涙はなかった。音を立てずにベッドに上り、枕の上に十字架を置いた。彼処、扉のところに、敷居の上で全身を縮こめて、バシリサ・ラ・ガリンダがいた。彼女を見たのは一瞬、ベッドによじ登っている間だけだったが、というのも十字架を枕に置くや否や、母は身を捩《よじ》らせ始め、一匹の黒猫が上に掛けてあった服の間から抜け出し扉に向かったからだ。私は目を瞑《つむ》り、瞑ったままで、バシリサの鋏が音を立てるのを聞いた。それから老女は母が身を捩っているベッドにやって来て、私を腕に抱えて寝室から連れ出した。廊下に出てから、小人の如き仕立屋の影を後ろに控えたテーブルの近くで、卓上の蠟燭の灯りに照らされた彼女は、両手を血で汚している黒い二つの切れ端を示して、猫の耳だと言った。そして老人はケープを羽織り、終油の秘蹟に来てもらうべく報《しら》せに行った。

XVIII.――家は蠟の臭いとはっきりしない音を立てて祈る人々の呟きで一杯になった……司式用の服を着た聖職者が、早足で、口の前に片手を立てて入ってきた。ファン・デ・アルベルテに案内され、扉を次々抜けて奥へと進んだ。仕立屋は、振り返り振り返り、背筋をぴんと伸ばしても背の低い姿でうろつき、ケープを引き摺《ず》り、聖人像の行列《プロセシオン》で職人たちがするように、二本の指でとても上品に庇《ひさし》でつまんだ帽子をぶらぶらさせていた。その後には黒っぽい緩慢な集団が、低い声で祈りながら続いた。部屋部屋の中央を通り、扉から扉へと、拡がることなく進んでいった。廊下では幾人かの影が跪き、一人一人の頭がばらばらに見分けられるようになってきた。一列になって母の寝室の開いた扉までやって来た。中では、マンティーリャを羽織り手には一本の蠟燭を持って、アントニアとラ・ガリンダが跪いていた。暗色の長マント《マンテオ》から伸ばされた何本かの手が私を前に押し出し、速やかに元に戻ってロザリオの十字架の上で組まれた。廊下で、壁に沿ってずっと一列になり、体の半面にぴったりと影を添わせて祈る老女たちの、葡萄の蔓のような細長い手だった。母の寝室では、香水を浸ませたハンカチを手に泣き濡れた御婦人が一人いて、ナザレ会の修道服を着て全身ダリアの如く紫色に見えたが、私の手を取り、蠟燭を一本持つのを手伝ってくれながら、私と一緒に跪いた。司祭は持ってきた書物を読んでラテン語を呟きながら、ベッドの周りを歩いた……

その後ベッドカバーが持ち上げられ、母の硬直し黄ばんだ足が露わにされた。私は母が死んでいることを悟り、あのとても美しい、全身白と紫の御婦人の生温かい腕の中で、戦《おのの》き沈黙していた。叫び声を上げてしまいそうな恐怖、凍りつくような慎重さ、微かな味気なさを感じていた。そして私の頰に横顔を寄せて屈み込み、葬儀の蠟燭を支えるのを手伝ってくれている、あの全身白と紫の貴婦人の両腕と胸の間で身を動かす際の、倒錯的な慎みを……

XIX. ——ラ・ガリンダが私をあの婦人の腕から連れ出しに来て、母が黄色く強張り、シーツの襞《ひだ》の間に両手を包まれているベッドの端に連れて行った。バシリサはその蠟の如き顔がよく見えるように私を床から抱き上げた。

「お別れを言いなさい、坊ちゃん。こう言いなさい——さようなら、お母さま、これきりお目にかかれないでしょう」

老女は疲れてしまったので私を床に下ろし、呼吸を整えてから、細長い手を私の腕の下に入れて、また私を持ち上げた。

「よく御覧！　大きくなった時のためにに覚えておくんだよ……口づけをなさい、坊ちゃん」

そうして死女の顔の上に私を傾けた。あの動かぬ瞼にほとんど触れんばかりとなって、私はラ・ガリンダの腕の中でもがきながら叫びだした。突然、解《ほど》けた髪をして、ベッドの反対側にアントニアが現れた。私を老女から奪うと、啜り泣き息を詰まらせながら、私を胸に押しつけた。姉の苦しみに満ちた口づけを受け、その赤くなった目に見守られて、私は大いなる悲嘆を感じた……アントニアは体を強張らせ、顔には奇妙に憑かれたような苦しみの表情を浮かべていた。今はや別室にあり、低い椅子に座り、私をスカートの上に載せ、撫で、また啜り泣きながら口づけをし、そうして、私の片手を捻《ひね》りながら、笑い、笑い、笑う……一人の婦人が手巾で扇《あお》いであげる……もう一人は、怯えた目をして、気付け薬の壜《びん》を開ける……もう一人が、金属の盆で震えている水の入ったグラスを持ってきて、扉から入ってくる。

XX. ——私は片隅にいて、吐き気が迫る不安の如くこめかみを痛める、混乱した苦しみに浸っていた。時には泣き、時には他人の泣き声を耳にして気を紛らせていた。真夜中近くだったに違いない。扉が大きく開かれ、奥で四本の蠟燭の光が揺れた。母は黒い棺に死に装束で収められていた。私は音を立てずに寝室に入り、窓の窪みに座った。棺の周囲では三人の女性とバシリサの弟が通夜をしていた。時折仕立屋が立ち上がり、指に唾をつけて、蠟燭の芯を切っていた。あの小柄で小粋な、赤いチョッキを着た仕立屋は、蠟燭の炭化した芯を引き抜き、指に息を吹きかけるべく頰を膨らませるのに、何とも言えない道化のような手際良さを見せるのだった。

女たちの物語を聞きながら、少しずつ私は泣き止んでいった。それは幽霊と生きながら埋葬された人々のお話だった。


XXI. ——夜が明け初める頃、寝室にとても背が高く、黒い目と白い髪をした婦人が入ってきた。その婦人は母のしっかり閉ざされてはいない目に、死の冷たさへの怖れもなく、ほとんど泣きもせず口づけをした。その後二本の大蠟燭の間に跪き、オリーブの一枝を聖水で濡らすと、死女の体の上で振るった。バシリサが私を目で探しながら入ってきて、手を上げて呼んだ。

「お祖母さまを御覧、わんぱく坊ちゃん！」

祖母だったのだ！　サンティアゴから七レグアのところにあった、山間の自宅から雌騾《めすら》馬《ば》に乗ってやって来たのだった。私はその瞬間、騾馬が繫がれていた玄関の敷石に蹄鉄が打ちつけられるのを感じた。その一撃は泣き声でいっぱいの家の空虚の中で響き渡るようだった。そして扉のところから我が姉アントニアが私を呼んだ。

「坊や！　坊や！」

老女中の勧めに従い、とてもゆっくりと部屋を出た。アントニアは私の手を取って片隅に連れて行った。

「あの御婦人がお祖母さまよ！　これからは私たち、あのひとと暮らすのよ」

私は溜息をついた。

「それならどうして僕にキスしないの？」

アントニアは両目を拭いながら、しばし考え込んでいた。

「馬鹿ね！　まずママのためにお祈りしなければならないのよ」

祖母は長い間祈っていた。やっと私たちの事を訊《たず》ねながら立ち上がったので、アントニアは私の手を摑んで引っ張って行った。祖母は縮れた髪の毛の上に早くも喪の黒いショールを纏っていて、完全に銀色の髪は、黒い炎の如き目を際立たせるかのようだった。その指が私の頰を軽くかすめ、今でも私はあの村暮らしの女らしい、ざらざらとした優しさのない手が引き起こした印象を覚えている。方言で私たちに話しかけてきた。

「あなたたちの母さんは亡くなったから、今から私が母親です……他に守ってくれる者はこの世にいないの……この家は閉めるから一緒に連れて行きます。明日、ミサの後で、出発しますよ」

XXII. ――翌日祖母は家を閉め、私たちはサン・クレメンテ・デ・ブランデソへの途に就いた。私はもう通りに出て、私を前に、鞍の前橋に載せてくれていた山の人の騾馬に跨《また》がっていたが、そこで家の中で扉がばたばたいう音と、我が姉アントニアを探して叫ぶ声を聞いた。見つからず、人々は血相を変えてバルコニーに出ては、再び家に入って空っぽの部屋部屋を走り回り、中では風が扉を叩く音が、姉を探して叫ぶ声が右往左往していた。大聖堂の戸口から一人の助修女が、姉が屋根で気を失っているのを見つけた。私たちが呼びかけると、朝の太陽の下目《もと》を開けたが、悪夢から覚めたかの如く怯えていた。屋根から下ろすために、僧服を着て上着を脱いだ寺男が、長い梯子を持ってきた。そうして私たちが出発しようとしていたその時、前庭に、風に長マントを煽られながら、ブレタルの学生が姿を現した。顔に黒い包帯をしていて、根元から切断された耳の血塗《ちまみ》れの切り残しがその下に確かに見えたと、私は思った。

XXIII. ――世界的な聖地の一つであるガリシアのサンティアゴでは、魂は今なお奇蹟に開かれた目を持ち続けている。

＊1――ガラス筒のある石油ランプ。
＊2――レオナルド・ダ・ヴィンチが描いた聖母像。
＊3――「仮面の王」の註2参照。
＊4――コルティセラ教会はサンティアゴ大聖堂と隣接してその一部に見えるが、独立した教区の教会。

神秘について

Del misterio

身内のような悪魔というものもいる！　私が思い出すのは、子供の頃、祖母の催す座談《テルトゥリア》の場に毎晩、こうした神秘にまつわる恐ろしくぞっとする事柄に通じた、一人の老女が来ていたことだ。銀細工師通り《ルア・デ・ロス・プラテーロス》の屋敷に暮らしていた、家柄の良い敬虔な御婦人だった。バルコニーのガラスの向こうで、猫をスカートに載せ、何時間も編み物をして過ごしていたのを覚えている。ドーニャ・ソレダード・アマランテは背が高く、痩せこけて、大きな白い房が混じって斑《まだら》になった髪をいつももしゃもしゃにして、肉の落ちた頬、口づけとも愛撫とも無縁で暮らしているように見える痛ましい表情を浮かべた顔をしていた。あの御婦人は私に漠とした恐怖を吹き込んだが、それというのも深夜の静寂《しじま》の中で去りゆく魂が飛ぶ音を聞いたとか、鏡の奥に苦悶の眼差《まなざ》しでこちらを見つめる蒼冷《あおざ》めた顔を召喚するという類いの話をしていたからだ。いや、私は宵の初めに彼女がやって来て、応接間のソファに祖母と並んで腰を下ろすのを見る度に引き起こされた印象を、決して忘れはしないだろう。ドーニャ・ソレダードは暫時火鉢の上に細長い手を広げ、それから深紅の天鵞絨《ベルベット》の袋から編み物を取り出し作業を始めた。時折こう呟いたものだった――

「ああ、イエス様！」

ある晩もやって来た。私は母の膝で半ば眠っていたが、しかしながら、私を見る彼女の目の磁気の如き重さを感じた。母も毒々しいトルコ石色をしたあの瞳の邪気に気づいたに違いない、その腕は私をそれまで以上に抱き締めてきた。ドーニャ・ソレダードはソファに座を占め、低い声で祖母と話していた。何を話しているのか察しようとしながら二人を観察していた母の、何かを切望するような息遣いを私は感じた。時計の一つが七時を打った。祖母はハンカチで目を拭い、少しばかり自信なさげな声で母に言った。

「その子を寝かせたらどう？」

母は私を腕に抱えて立ち上がると、二人の婦人に口づけをさせに応接間に連れて行った。私はこの時ほどドーニャ・ソレダードの恐ろしさを鮮烈に感じたことはなかった。私の顔をミイラの如き手で撫でると、言った。

「何てあのひとに似ているんだろう！」

そして祖母は口づけをする時呟いた。

「あのひとのために祈りなさい、坊や！」

二人が話していたのは、正統王朝派《カルリスタ》であるためにサンティアゴの監獄に囚われていた父のことだった。私は心を動かされ、母の肩に顔を埋め、母は不安げに私を抱き締めた。

「可哀想な私たちね、坊や！」

それから息苦しくなるほど私に口づけをしたが、その間ずっと母の目、あのとても美しい目は、私の上で狂気じみ、悲劇的に開かれていた。

「私の大事な大事な坊や、また別の不幸が私たちを脅かしているのよ！」

ドーニャ・ソレダードは一瞬編み物の手を休め、彼方から聞こえるような巫女《ふじょ》の如き声で囁いた。

「貴女《あなた》の夫君は何の不幸にも見舞われませんよ」

そして祖母が溜息をついた。

「子供を寝かせなさい」

私は母の首に両腕でしがみついて泣いた。

「寝かせないで！　独りになるのが怖いよ！　寝かせないでよ！」

母は神経質な手で私を撫でたが、ほとんど痛いくらいで、それから二人の婦人を振り返って、啜り泣きながら懇願した。

「私を苦しめないで！　夫に何が起きるのか仰ってください。どんなことを知っても耐えられる勇気はあります」

ドーニャ・ソレダードは目を上げて、視線を、あのトルコ石の邪悪な色をした視線を私たちに投げかけ、神秘に満ちた声で語ったが、その間も彼女のミイラの如き指は編み針を動かしていた。

「ああ、イエス様！……貴女の夫君には何も起きません。守ってくれる悪魔が一匹ついているからね。だが血が流された……」

母は、魂がここにないかのような、低く単調な声で繰り返した。

「血が流された？」

「今宵監獄から看守を殺して逃げ出したんだよ。夢で見たんだ」

母は悲鳴を押し殺し、倒れそうになって腰を下ろさねばならなかった。蒼白だったが、その目には悲劇的な希望の炎があった。両手を合わせて問い質《ただ》した。

「逃げ切ったのですか？」

「わからない」

「知ることはできないのですか？」

「試すことはできるよ」

長い沈黙があった。私は母の膝で震えていて、怯えた目をドーニャ・ソレダードに据えていた。広間はほぼ真っ暗だった。通りでは盲人のヴァイオリンが歌い、修道女たちが鳴らす大型のカウベル《エスキロン》が九日間の祈り《ノベーナ》を知らせて大きく揺すられていた。ドーニャ・ソレダードがソファから立ち上がり、音もなく歩いて広間の奥へと遠ざかって行くのを私たちは見たが、そこでは彼女の影はほとんど見えなくなってしまっていた。辛うじて黒い形と、高く上げられた、動かない手の白さだけが見分けられた。間もなく、弱々しく、まるで夢を見ているかの如く呻き始めた。私は怯えきって声もなく泣き、母は私の口を押さえつけながら、嗄《か》れて動転した声で言った。

「黙って、お父さまのことがわかるのよ」

私は涙を拭って、影の中に隠れたドーニャ・ソレダードの姿を見続けた。母が決然たる陰気な声で問い質した。

「あのひとが見えますか?」

「ええ……危険でいっぱいの、今は人気《ひとけ》のない道を走っている。そこを独り進んでいる……誰も追いかけてきてはいない。河岸で足を止め、渡るのを怖れている。海の如く広い河だ……」

「聖母マリア様、渡りませんように!」

「対岸には白い鳩の一群がいる」

「安全なのですか?」

「ええ……守ってくれる悪魔がいるから。死者の影は彼に対しては何も悪いことはできない。彼の手が流した血が、一滴一滴罪なき者の頭《こうべ》へと滴るのがわたしには見える……」

扉が一枚遠くでバタンと音を立てた。私たち全員が、何者かが広間に入ってきたのを感じた。冷たい息が私の額を掠《かす》め、亡霊の不可視の腕が私を母の膝から奪おうとした。ぎょっとして、叫ぶこともままならず身を起こすと、一枚の鏡の霧がかかった奥に死者の目が見え、少しずつくすんだ蒼冷めた顔が、死衣を纏った姿が、血塗《ちまみ》れの喉に刺さった短刀が見えてきた。母は私が震えているのを見て怯え、胸に私を抱き締めた。私は鏡を指したが、母には何も見えなかった。ドーニャ・ソレダードは、その時まで高く上げたまま動かさずにいた両腕を落とすと、夢からの如く暗闇から姿を現しながら、広間の反対の端より、私たちの方にやって来た。彼女の巫女の如き声もまた、遙か彼方から来るようだった——

「ああ、イエス様! 童子の目だけがあれを見たのだ。血が一滴一滴罪なき者の頭に落ちる。その周囲を復讐心を抱いた死者の影が彷徨《さまよ》う。生涯彼に付きまとうだろう。この世を去りし時罪に耽っていたが故に、そやつは地獄の影となろう。そやつは許すことができない。いつの日か喉に刺さった短刀を抜いて、罪なき者を傷つけるだろう」

童子であった私の目は長きにわたりその時見たものの悍《おぞ》ましさを留め、私の耳は傍らを容赦なく不吉に歩む亡霊の足音を幾度となく繰り返し聞き、そのために私の魂は、不安に満ち満ちて、凄絶なる情熱とこの上なく純なる願いの重みに全く打ち拉《ひし》がれ、三〇年前から囚われのまま夢見ているこの塔から外に顔を覗かせる事すら許されないのだ。今この時も、看守長の静かな足音が聞こえている！

真夜中に

A media noche

騎馬の男と徒歩《かち》の馬丁が埃の雲の間を駆けてくる。遠く離れて、彼らは日暮れの血の色を背景に暗く際立つ二つの塊として辛うじて見える。時刻、場所、道の人気《ひとけ》なさが、あの逃亡者の影の謎を深めている。十字路の一つで騎手は、馬車の通れる轍《わだち》跡のある道と車の通れない蹄鉄跡のある道、どちらを進むか迷い、手綱を引いて馬を止めた。馬丁は、先を走っていたが、こちらも足を止め、二つの小道を交互に見ながら、訊《たず》ねた。

「どちらに進みますか、旦那?」

騎手は心を決める前に一瞬迷ってから、答えた。

「どちらでも、より近道の方に」

「より近道なのは山を通る方です。しかし街道を行けば水車小屋のある楢《オーク》林を夜に通るのを避けられます……あそこは悪名高いですからね!……」

騎馬の方は再度迷い、しばし沈黙してから、再び訊ねた。

「山を通るとどのくらいの距離になる？」

「三レグアくらいのことでしょうかね」

「街道を行くと？」

「まあ五レグアくらいでしょうか」

騎手は馬を押し止めるのをやめた――

「山を通るぞ！」

そうして止まることなく、萎《しお》れて黄ばんだ草が辛うじて生えている何もない土地を抜けて蛇行する旧道に進んだ。遠くでは、雨燕《あまつばめ》の集団が沼の如き潟湖《せきこ》の上で混沌として飛び交っていた。馬丁を務める若衆は、空の様相と、既に極めて淡く日没の茜色が現れていた広大な地平線を観察していたため、少しばかり遅れを取っていたが、騎手と並ぶべく駆けた。

「よく拍車をかけてください、旦那！　拍車をかければ、楢林を通る時まだ月が出ているかもしれません」

まもなく二人は曲がり角で、不規則な川筋を画しているポプラの間に姿を消した。日が暮れ風が立ち、素速く山鳴りの音を立て通り過ぎる突風は、道の上に木々を撓《たわ》め、葉という葉に長いざわめきをあげさせた。騎手と馬丁は長い間、星なき夜の深き暗闇の中を走った。既に水車を回す流れの立てる音と樒林の暗い塊が知覚できるようになっていた時、若衆が低い声で注意した。

「旦那、仕掛けてくるかもしれない者に用心して進んでください」

「懸念は無用だ」

「懸念しておくべきですよ。ある時、貴方《あなた》様と全く同じように、やはり恐れ知らずだった御仁がいましたが、正にあの橋で二人の男が出て来て強盗に遭い、殺されずに済んだのは全くもって奇蹟だったんですよ」

「そんなのは作り話さ」

「我々みながいずれ死なねばならないのと同じくらい確かな話ですよ！」

騎手は沈黙を守った。水車の車輪に取り付けられた古い丸桶に囚われた流れの立てる音がより近くで知覚された。死を嗅ぎつけた犬の警戒の声を模したかと思えば、すぐさま命を奪われる人間の呻き声に聞こえる、全く漠として謎めいた音だ。馬丁は馬の傍らを走っていた。彼処《かしこ》の窪地に一軒の教会の暗いシルエットが切り絵の如く浮かび、その鐘がゆっくりと、どんよりとした響きで鳴っていた。騎手は呟いた。

「もう我々は司祭館の近くにいる」

馬丁が返した。

「月は相当距離感を狂わせますよ、旦那」

突如、生け垣の茨が力尽くで分けられ動き、影が道の真ん中に飛び出した。

「停まれ！　袋を寄越《よこ》せ、さもなくば命を貰うぞ」

馬が棒立ちになり、銃火が閃《ひらめ》いた。青みがかった視界に照らし出されたのは、胡散臭い黒髭を生やした顔で、そいつは手綱を掴んでいたが、蹌踉《よろ》めき、倒れた。馬丁は身を屈《かが》めて覗き込み、相手が何者なのかわかったと思った。

「旦那、チペンのようです」

「誰だって？」

「水車番の息子です」

「神がお許しになられるように！」

「アーメン！」

「知り合いか？」

「サタンそのものみたいな野郎です！」

そいつは道の真ん中にのびていた。右手には鎌を握り、裸足の両足は蠟の如く、口は土だらけで、髭は銃火で焦げていた。一筋の血が額から流れていた。騎手は、鞍に腰を据えながら、震えている馬に拍車を突き立て、死体を飛び越えさせた。馬丁も後に続いた。馬蹄の下で道の石が火花を散らし、主人と召使いは闇に消えていった。間もなく月に照らされた枝の茂みの空き地に、水車を見つけた。怪しげな外観をして曲がり角に位置していた。敷居に座って、黒い羅紗のマンティーリャ《マンテロ》を被った老女が居眠りしていた。何かを待っているように見えた。馬丁は狼狽《うろた》え気味に訊ねた。

「水車用の用水路に水はあるかい？」

老女は飛び上がって身を起こした。

「水ならあるよ、若いの」

「誰を待っているの？」

「誰も……少し前に、月明かりを浴びに出て来たんだ。一晩かかる粉挽きをしなけりゃならんので、徹夜なんだよ」

「亭主は今いないの？」

「いない。奥様、うちの地主様に支払い義務を果たしに村に行ったよ。奥様には小麦一二フェラード*1とライ麦一二フェラードの長期借地代《フォロ》を払ってるんだ」

「若いのは？」

「夜になって出かけたよ。若い連中の事だからね！　村の若い娘に言い寄って、毎晩彼女とお喋りしてるのさ」

「よく言ったもんだね、若い連中の事だからか！」

「ここで待っているところさ」

「あんじょうにここ待っているといい！」

そして馬丁は騎手に追いつくべく走ってその場を離れた。横に並ぶと、喘《あえ》ぎながら馬の傍らについて行った。

「間違いありませんでしたよ、旦那！」

「そのようだな」

「言った通りの野郎で！」

「そして母親はあいつを待っている！……」

興奮しながらも、神秘に包まれた心持ちで二人は黙った。蹄鉄の道を後にして轍の道へと移ったのは、ちょうど騾馬《らば》の上で半分眠り込みながら、毛布に包まって進んでいた荷車引きとすれ違った時だった。道の片側で少し距離を取って、主人と召使いはこっそりと話をした。

「祭り《フェリア》に行く人たちは早起きをします……」

「まずい相手と出会《でくわ》す危険があるな」

「そう考えていたところです、旦那」

「おまえは、今から馬で帰れ。私は舟を使おう」

「部隊の若いのがあそこに集まっていなかったら？」

「いるだろう、少なくとも、ドン・ラモン・マリーアは。私を待っていると言っていなかったか？」

「そう仰っていました、確かに、旦那」

「今は何時だろう？」

「村を通った時もう雄鶏が鳴いていました」

「まだ三時間は夜だ」

「そうでしょう。道はお分かりですか？」

「分かると思う」

「もっといいのは、お考えとは違うかもしれませんが、一緒に橋まで行って、私はそこから より安全な道である牧羊移動路《ベレーダ》を戻ってくるというのですがね」

「口答えをするな、坊主」

「死人が怖いんです！」

「今ならまだ一緒に行ってくれる道連れに追いつけるぞ」

そうして月の映る水溜まりだらけの道を登って行く荷車引きを示した。

「疑われるかもしれません！」

「誤魔化すんだ。何なら馬に乗っていけ……」

馬丁は従い、鞍に座ってから相手の言葉を聞こうと身を屈めると、騎士は低い声でこっそりと言った――

「黙っているのが身のためだぞ！」

こう言うと正体を隠した人物は、唇の上に指を一本当てながら、馬丁を通した。独りになると敬虔に十字を切った。この男はどこへ向かっていたのか？　何者だったのか？　亡命するところだったのかもしれない。ポルトガルから戻ってきた頭目だったのかもしれない。だが古い物語、古い道の行き着く先は、決して分からないものなのだ。

*1――一フェラード＝一三～一六リットル。

我が曾祖父

Mi bisabuelo

ドン・マヌエル・ベルムデス・イ・ボラーニョ、我が曾祖父は、背が高く、痩せこけて、緑の目と、純粋極まりない横顔をした騎士だった。寡黙で独立独歩、誇り高く、荒々しく、とても正義感が強かった。何日間か右の頬に、まるで潰瘍の如き、薔薇疹《ばらしん》ができていたのを覚えている。その薔薇疹について村人は魔女の口づけの痕だと噂し、同じことをペドライエス家方のおばたちも仄めかすようになった。私が今も思い出す曾祖父は、老いさらばえ体が震えている老人の姿で、金色《こんじき》の光に照らされた長い午後を教会に守られるようにして散歩していたものだった。あの時代はいかに愛情深き追憶をもたらすことか！　サンタ・マリーア・デ・ロウロよ、その名は金色に輝いている！　燕の巣があるそなたの教会も金色だ！　そなたの全てが金色なのだ、我らが領地の村よ！

曾祖父があの地に所有していた屋敷では、ただ実をつけぬ古い葡萄樹だけが残り、あれほど古くから続いていたかの一族は、教区の記録書にその木霊《こだま》を残すのみだ――しかし曾祖父の影の周りにはいまだ伝説が漂っている。親族一同が曾祖父を怒りっぽい狂人と見なしていたことを覚えている。私は子供だったので、私のいる前では話題にしないよう注意していた。しかしながら、漠とした言葉から、曾祖父がサンティアゴの監獄に収監されていたことを発見するに至った。大いなる不安の只中で、彼が何か遠い昔の犯罪で有罪となり、金の力で釈放されたことを察していた。幾多の夜を眠られぬまま、その謎について思いを巡らせながら過ごし、夜更けに夢を見て大声を上げる老いた騎士の支離滅裂な声を耳にしては、心臓が締め付けられたものだった。曾祖父は戸口に下男が控えた、塔にある大きな部屋で眠っており、私は彼が無数の後悔に苛《さいな》まれ、幻影や亡霊に眠りを乱されているものと思いなしていた。あの極めて無愛想な老人は私をとても愛していて、私は子供らしく無邪気に、彼の犯した罪が許されるよう祈ることでそれに応えた。いかにして曾祖父の両手が血に塗《まみ》れたのかを私が知った時、既にその手は冷たくなっていた。

ある宵に、一族の年代記をいつも諳《そら》んじていた村の老女から、その物語を耳にした。ミカエラは円形の控えの間で糸を紡ぎ、他の召使いたちに一家の偉大さや年長者たちの話を語っていた。我が曾祖父について思い出して語ったところによれば、狩猟が得意で、とある午後、山鶉《やまうずら》猟の帰りの山道に、フノに所有していた特権《フ　オ　ラ》で与えられた土地《ル》の小作人頭が待ち受けて現れた。盲目の男で、娘が一人その手を引いていた。騎士を迎えるべく帽子は脱いでいた。

「天使があなたをこの道にお導きくださったのです、御主人様！」

涙にくぐもった声で話した。ドン・マヌエル・ベルムデスは短くとても素っ気なく問い質《ただ》した。

「おまえの母親が死んだのか？」

「そんなことは神がお許しになりませぬように！」

「では何があった？」

「偽証のせいでうちの倅《せがれ》二人が牢におります。書記のマルビードは、私らみんなを破滅させるつもりなんです！　誓約書を持って家々を回って、二度と誰もブレーニャス・デル・レイに家畜を入れないようにと、署名を集めているんです」

父親の手を引いていた少女が溜息をついた。

「あたしはそいつをベルノのペドロ叔父さんの家の戸口で見ました」

カラスカの木の薪の大きな束の重みの下で息も絶え絶えに山から戻ってきた他の女たちと数人の子供も近づいてきた。みながドン・マヌエル・ベルムデスを取り囲んだ。

「もうあたしら貧乏人は生きちゃいけません。あたしらが草木を取っていた山を、村の盗人が取り上げようとしているんです」

盲人が絶望的に訴えた。

「おまえたち、話すのをやめて舌を引っこ抜いた方がいい。そうした言葉のせいでうちの倅二人が牢にいるんだ」

盲人が黙すると少女が呻いた。

「病で床に就いていたおかげで、司直たちはアゲダ母さんを連れて行かなかったんです」

我が曾祖父はこれを聞くととても立腹した声を上げ、みなを静まらせたそうだ――

「おまえが話すんだ、セレニン！　俺に分かるようにな！」

みなは遠ざかり、盲《めし》いた百姓が道の真ん中に、頭に何も被らず、落日の下《もと》金色に光る禿《は》げ頭を光らせて残った。その名をブレタルのセレニンといい、母親は百歳の百姓女で、モンテのアゲダといった。この女性は我が曾祖父の乳母だった人で、曾祖父は彼女にとても大きな愛情を抱いており、時々、猟をして回っている際にわざわざ彼女を訪ねて、葡萄棚の下で腰を下ろし、彼女に横にいてもらって、凝乳《ぎようにゆう》の一鉢を軽食に取ったものだった。ドン・マヌエル・ベルムデスは、道の陰側に身を寄せ、黙って無表情に、ブレタルのセレニンの訴えを聞いていた。

「私らを皆殺しにするつもりです！　もうどこにカラスカを採りに行ったらいいか、どこに家畜を連れて行ったらいいかわかりません！　一軒一軒、私ら百姓みんなを、書記のマルビードは追い出すんです。山は、私らのものだったのに、嘘の書類と金で買われた証言によって盗まれてしまい、その裁き《フエロ》に抗議したせいで、私は倅二人を牢に入れられています。もう私ら百姓には、首に石を括り付けて頭から川に飛び込むしか手がありません！」

人々の間から呟きが上がった。

「辛い思いをしないためにはどこに行けばいいのやら？」

「貧乏人の運命なんて苦しい目に遭うばかりさ！」

「貧乏人にはお天道さまもありゃしない！」

「苦しんで嘆く！　苦しんで嘆く！　それが貧乏人の掟さ！」

カラスカの束を運んでいた女たちは、市場から戻ってきた他の女たちと一緒になって、盲目の百姓の周りで輪を作った。遠くでは畑の掘り起こしに当たっていた一団が、農地の境で鍬《くわ》に体を預けて手を休めながら聞いていた。ドン・マヌエル・ベルムデスは一同をいともゆっくりと見回し、それから言った――

「対抗策はおまえたちの手の中にある。どうしてその狂犬を殺さないのだ？」

すぐにみなは黙ったが、突如一人の女がカラスカの束を落とし髪を掻き毟《むし》りながら叫んだ。

「男らしい男がいないからです、旦那様！　男がいないからです！」

遠くから掘り手の一人の声が聞こえた。

「男はいるが、両手を縛られとるんだ」

女は振り返った。

「誰があんたらの手を縛ってるのさ？　恐れだよ！　お黙り、タマなしが！　どの口があたしの代弁をしてくれたっていうんだい、一回の手入れであたしから三人の息子が連れ去られて、ご覧の通り、庇《かば》ってくれる者といったらお天道さましかなくなった時にさ？　お黙り、タマなしどもが！」

玉蜀黍《とうもろこし》畑を横切って道の方へと来ていた老女が、他の声と一緒になって応じた。

「処刑人をやっつけなければ！　連中をやっつけなければ！」

モンテのアゲダだった。棒で体を支え、背が高く、背中は曲がり、喪服を着ていた。騎士は慈悲心を込めて彼女を見た。

「なぜ家を離れたんだい、アゲダ？」

「金の太陽、あなたを見るためです！」

ブレタルのセレニンは曇った目を百歳の老女の声がする方に向け、風に向かって叫んだ。

「こうなったら私らの訴えはドン・マヌエル様の手に委ねよう！」

モンテのアゲダは道の石の一つに腰を下ろした。

「ならその助言に従わなければ。おまえは何と言われた？」

セレニンは多くの声が呟く只中で答えた。

「貴族に生まれた者にはそれなりの考えがあるが、土から生まれた者には別の考えがあるんだ」

モンテのアゲダは棒で身を支えて立ち上がった。かつてはたいそう大柄だった女性で、背中が曲がってもとても丈高く見え、黒い目をし、肌は色黒で、ライ麦色をしていた。

「聞かずとも、わたしの王様の言葉はわかるわ！　わたしが育てた王様は、この大地の口と同じ命令をしたんだ。処刑人をやっつけろ！　連中をやっつけろ！　聞かずともわたしの王様の言葉はわかるわ！」

セレニンが訴えた。

「目に光なく、息子が牢にいては、私には何もできん！」

女たちが叫びだした。

「このカラスカは、貧乏人から物を盗むあいつを生きながら焼くためのものに違いなかったのに！」

人声の波の上に一つの既にして嗄《しわが》れた声が上がった。

「どこに男たちがいる？　みんなタマなしだ！」

するとさ突然大声は鎮まった。臆病な声が忠告した。

「黙って耐えなければ。人の生はそれぞれに十字架を背負っているものだ。誰が来るか見るがいい！」

丘の高みに、驢馬《ろば》に乗って駆ける騎手が姿を現し、みなそれが書記のマルビードだとわかった。その時我が曾祖父は、農地の境にいた掘り手たちの方を振り向いたとの話だ——

「俺は散弾を込めた猟銃を持っている。おまえたちの誰か、見事に的を撃ち抜きたいとは思わんか？」

すぐにみなは黙った。それから一番の年寄り連中の一人が声を上げた。

「ハイタカはいつでも鳩小屋の上を舞うもんだ。一羽殺されても別のが来るだけだ」

「俺の銃の弾を利用したくはないのか？」

様々な声が熱心に応えた。

「わたしらはただの貧乏人なんです、長子相続者《マヨラスゴ》の旦那！　わたしらは不運なんです！

わたしら大地の子らは！」

モンテのアゲダはスカートの前に石をいっぱい溜めて立ち上がった。

「わたしら女たちは処刑人を埋葬してやらなけりゃね！」

書記は道にこんなに大勢がいるのを見て近道に折れようとしたが、我が曾祖父が大声で呼ばわったらしい――

「マルビード殿、ここで我々はあんたにいいお裁きをしてやろうと待っておったんだ」

相手はとても明るく応えた。

「それが必要ですな、長子相続者の旦那！　この連中は頑固ですからな！」

小走りに近づいてきた。曾祖父は、とてもゆっくりと、猟銃を顔に当てた。銃口を定めて叫んだ。

「これが俺の裁きだ、マルビード殿！」

そして一発で頭を血塗《ちまみ》れにして地面に撃ち倒した。モンテのアゲダは両腕を拡げて、曾祖父の足下に跪き、曾祖父は百歳の老女の頭の上にその白い手を置くと、言った。

「いいお乳をくれたもんだな、アゲダ母さん！」

一同は逃げ去り、二人だけが道の真ん中で、死者の前にいた。ミカエラ・ラ・ガラーナの話すところでは、曾祖父はその事件のために一時期サンティアゴの監獄にいたのだそうだ。起きたことはその通りだったが、投獄の理由は違っていた。何年も後になって、家系上の情報を探して古文書を引っかき回す必要があり、そこで私はあの投獄が、民兵《ミリシア》大佐ドン・マヌエル・ベルムデス・イ・ボラーニョ氏が使徒党[*1]に属していたせいであった事を調べ出せた。曾祖父についてはっきりとした考えを形成するに至ったのは、私が学生の時だった。特別な性格の持ち主だったと信じているし、それ故に我が血族全ての中で、彼の血を引いていることを何より誇りに思っている。かくも多くの幻滅に打ち拉《ひし》がれた今になってさえも、誇りと共にあの我が若き日々を思い出す——親族みなが私に愛想を尽かし、老女たちが十字を切りながら、「ドン・マヌエル・ベルムデスの再来だ！　神の御加護を！」と言っていた頃を。

＊1——カルリスタの起源の一つとなる超伝統主義の結社。

ロサリート
Rosarito

第一章

世紀初頭にかくも人気を博したチェッカー盤付のあの古風な丸テーブルの一つを前に腰を下ろし、セラ老伯爵夫人は夢うつつに微睡《まどろ》んでいる。その頭髪の銀色になった房は、レースの婦人帽から抜け出し、一人遊びのために並べられたトランプを断続的に掠《かす》っている。長椅子の反対側の端には、孫娘のロサリートがいる。御婦人方は二人ともとても信心深かったが、館の礼拝堂付司祭が金色のがっしりとした縁の眼鏡をかけ、丸テーブルの上に背を丸めて大声で読み上げているこの日の聖人の生涯には、どちらも全く注意を払っていないことは確かだった。突然ロサリートが顔を上げ、後景の暗く謎めいた茂みに向かって開かれた庭扉に目を釘付けにして、何かに気を取られたようになる。実のところ茂みは、物思わしげな色白の少女の眼差《まなざ》しほど謎めいてはいなかったのだが！　ランプの微《かす》かな灯りに照らされ、神聖な遠近短縮法《エスコルソ》で浮かび上がる金髪の頭部、象牙の如き頬に揺れる睫毛の影、金色の腰部の上で定かならぬ薄闇に浮かび上がる繊細で嫋《たお》やかな上半身、空色の寝椅子のダマスク織も相まって、ロサリートは明るさも様々な星々を背景に描かれた、かの無垢なる聖母像を思わせた。

第二章

少女は目を丸くし、蒼冷《あおざ》め、奇妙な震えに乱された唇は叫びを漏らした――

「イエス様……！　何て恐ろしい！……」

僧侶は読むのを中断した。そして眼鏡の上縁越しに彼女を見ながら咳払いをした。

「蜘蛛でもいましたか、ねえ、お嬢さん？……」

ロサリートは首を振った。

「いいえ、神父様、違います！」

ロサリートはとても蒼冷めていた。その声は少しくぐもって、怖れと不安を心ならずも示す、確信がないものだった。落ち着いているように見せようと、膝に放ってあった手仕事を続けようとしても無駄だった。蒼白で、聖女のものの如く透き通るその両手はあまりにも震えていた――祈る時には、ロザリオの珠《たま》が優しく擦《こす》れることで伸びるかに見える、あの神秘主義者の如く燃える両手が。深く放心していたため、長椅子の肘掛けに縫い針を刺してしまった。それから低く声を落として、自分自身と話しているかのように口走った。

「イエス様！……何ておかしなこと！」

同時に瞼を半ば閉ざし、見事な輪郭をした無邪気な胸の上で両手を合わせた。礼拝堂付司祭は怪訝そうに彼女を見た。

「どうしたのです、ロサリートお嬢様？」

少女は両目を半ば開き大きく溜息をついた。

「教えてください、ドン・ベニシオ、あの世からの如何なる報《しら》せなのでしょうか？……」

「あの世からの報せ！……何が仰りたいのですか？」

ロサリートは答える前に、枝を透かして白い月の光が差し込む謎めいて眠りに就いた庭に改めて視線を向けた。そうして、弱々しく震える声で、呟いた。

「誓ってもいいですが、ほんの少し前に、その扉からドン・ミゲル・モンテネグロが入ってくるのを見たんです……」

「ドン・ミゲルですって、お嬢様？……確かですか？」

「ええ、彼でした、そうして微笑みながら私に挨拶しました……」

「でも貴女《あなた》はドン・ミゲル・モンテネグロを覚えていらっしゃるのですか？　少なくとも

十年前から亡命されているというのに」

「覚えております、ドン・ベニシオ、まるで昨日会ったかのように。わたしはとても幼い子供で、あの方が自由主義者だということで投獄されていたサンティアゴの監獄まで、祖父と一緒に訪ねて行きました。祖父はあの方のことを従兄弟《いとこ》と呼んでいました。ドン・ミゲルはとても背が高く、大きく捻《ひね》り上げられた口髭をして、白く波打つ髪をしていました」

礼拝堂付司祭は頷いた。

「まさしく、まさしく。三〇歳の時には今の私以上に頭が白くなっていました。疑いなく、貴女は誰かがあの話をするのをお聞きになったことがあるでしょうね……」

ロサリートは両手を合わせた。

「おお！　何度も！　祖父はいつもその話をしていました」

伯爵夫人が身を起こすのを見て言葉を切った。老婦人は孫を厳しく見つめると、まだ十分目が覚めぬまま呟いた。

「何をそんなにお喋りすることがあるの、あなた？　ドン・ベニシオに続きを読ませてあげなさい」

ロサリートは頭を下げ、自分の手仕事の針を動かし始めた。しかしドン・ベニシオは、読み続ける気分ではなかったので本を閉ざし、眼鏡を鼻先まで下ろした。

「私たちは有名なドン・ミゲルのことを話していたのです、伯爵夫人様。ドン・ミゲル・モンテネグロ、記憶違いでなければ、名家であるセラ伯爵家と縁続きの……」

老女は遮った。

「あなたたちは一体どこからそんな話を引っ張り出してきたのです？　わたしの従兄弟が異端者だということも御存知でしたか？　わたしはあのひとがこの国にいて、陰謀を企てている事を承知しています。ポルトガルであのひととても懇意にしていたセラの司祭が、バルバンソンの祭りで、あのひとが仲買人に変装しているのを見かけたのです」

ドン・ベニシオは活気づいて眼鏡を外した。

「ふむ！　お知らせがあるのですよ、この上なく突拍子もない部類のお知らせが。しかしセラの司祭は間違ってはいないでしょうか？……」

伯爵夫人は肩を竦《すく》めた。

「何ですって？　あなたは疑うのですか？　わたしは疑いません。我が従兄弟殿の事は十分すぎるほどわかっていますからね！」

「歳月は岩をも砕くのですよ、伯爵夫人様。私だって四年間銃を肩に背負ってナバーラの山々を歩き回ったものですが、今日日《きょうび》には、他の連中が勇敢に戦っている間、聖なる大義の勝利を神にミサでお願いすることで満足するしかないのです」

軽蔑的な微笑が歯の抜けた名家の婦人の口に覗いた。

「だけどあなたは御自分が比較になると思っていらっしゃるのですか、ドン・ベニシオ？……確かに、従兄弟の立場に置かれたら、誰だって国境を越える前によく考えるでしょう。でもモンテネグロ家のあの一族は狂人揃いなのです。伯父のドン・ホセは狂っていたし、息子も気違いなら、孫たちも狂人になるでしょう。あなたは司祭のお宅でドン・ミゲルのことが話されるのを千回も聞かれたでしょうが、いいですか、話されていることはみな、あの男が本当にやってきたことと比べたら何でもないのですよ」

聖職者は抑えた声で繰り返した。

「わかっていますよ、わかっています……散々聞かされてきました。恐るべき人物、無信仰者、フリーメイソンです！」

伯爵夫人は目を天に向けて嘆息した。

「我が家に来るでしょうか？　あなたにはどう思われます？」

「誰にわかるでしょうか？　伯爵夫人の善良なる御心の事は彼もよく知っておりますから」

礼拝堂付司祭は厚手の長いフロックコート《レビトン》の胸から青い格子柄の大きなハンカチを取り

出し、この上なく悠然と宙で振るった。それから自分の禿《は》げ頭を拭った。

「正真正銘の不幸をもたらすやもしれませんな！　奥様が私の助言をお聞き入れくださるなら、扉を閉ざして入れないのがおよろしいでしょう」

ロサリートは大きく溜息をついた。祖母は彼女を厳しく睨むと長椅子の肘掛けを指ではたはた叩き始めた。

「それはよく考えずに出された御意見ですね、ドン・ベニシオ。あなたが彼の人柄を知らないのがよくわかります。わたしが扉を閉ざしたならば、彼は打ち破るでしょう。加えて、わたしは彼が従兄弟である事も忘れるべきではありません」

ロサリートは頭を上げた。少女の口には物哀しい心の持ち主が見せる蒼冷めた微笑が震え、その謎めいた瞳の奥には砕けた涙が輝いていた。突然叫び声を上げた。庭の扉の敷居に、白髪の、上品な物腰の、いまだ傲然と背筋を伸ばした男が立っていた。

第三章

ドン・ミゲル・デ・モンテネグロは六〇代にならんとしていただろう。ガリシアの山地の郷士に極めて頻繁に見受けられる、あの眉目秀麗で男性的な、スエビ[*1]系の特徴を示していた。古い名家の嫡男であり、一族の紋章には貴族を表す一六クォータリー[*2]が、そのチーフには王冠が輝いていた。ドン・ミゲルは、親戚縁者が大騒ぎする中、最初の亡命から戻るやいなや由緒ある自分の館の扉の上で目を引いていた盾形紋章を修復させた。この館は、フェリペ五世の行った戦争に参加し一族の面々の中で最も高名なモンテネグロ元帥の命で建てられた、古く崩れかけた屋敷だった。今なおこの土地では、あの風変わりで独裁的、狩り好きな酔いどれで面倒見のいい大旦那が記憶に留められている。ドン・ミゲルは三〇歳になるまでに遺産を蕩尽《とうじん》した。地代と限嗣《げんし》相続した土地、館と礼拝堂付司祭禄だけが保たれたが、全てを合わせても食べていくのが精一杯だった。そこで陰謀と冒険の生活を開始したのだが、それは愛と剣と一攫千金の機会を求めてイタリアの義勇軍に志願した郷士の次男三男坊たちのものの如く、危険と有為転変に満ちた生活だった。彼はフリーメイソンに裏打ちされた自由主義者で、貴族を想起させるあらゆる類いのものを大いに軽蔑する振りをしていたが、だからといってアラブ貴族の如き高慢さや残酷さがなくなりはしなかった。内心では自分の先祖の事を誇りに思っており、ダントン[*3]風の無関心にもかかわらず、モンテネグロ家がドイツのある皇妃の子孫であるとする紋章学的な伝説に言及しては悦に入っていた。ガリシアの最も高貴なる家々と縁戚であると信じており、セラ伯爵家からアルタミラ伯爵家まで全員と肩を並べ、王たちが互いに呼び合っているように、全員を従兄弟と呼んでいた。その代わり、隣人である郷士のことは軽蔑していて、彼らを招いてテーブルに着かせる時には、召使いたちも共に着かせて、小馬鹿にしていた。ドン・ミゲルがその背の高さを見せつけるように背筋を伸ばし、溢れんばかりのグラスを手に、客人を驚嘆させるあの喉の奥で響く大領主に相応《ふさわ》しい声で怒鳴るのは見物だった――

「我が家では、諸君、あらゆる人間は平等だ。ここではかのユダヤ王国の哲学者[*4]の教義が法だ」

ドン・ミゲルは大領主の作法と小唄作詞家《コプラ》の機知、海賊の酒臭い息をした、かの血筋の良い狂人の一人だった。彼の中では絶え間なく、目まぐるしく変化する絶望が滾《たぎ》っており、そのため原因も目的もなく、血気に逸《はや》るかと思えば嘲笑的になり、騒々しいかと思えば陰鬱になった。全くもって桁外れの事どもが彼に帰されていた。最初の亡命から戻った時には伝説が出来上がっていた。リエゴ[*5]の支持者だった自由主義者の老人たちは、彼の髪が白くなったのは死刑宣告を受け礼拝堂に三日間閉じ込められていた時からで、大胆さのおかげでそこから奇跡的に逃げ出す事ができたのだと語った。しかし彼の郷里の御嬢様方は、今ではお婆さんになって孫に『吟遊詩人《エル・トロバドール》』[*6]の詩行を暗唱しては溜息をついているが、もっとずっと美しいお話をしていた……こうしたことが起きたのはロマン主義の良き時代で、彼が悲劇的な愛の犠牲者だと思いなすことが必要だったのだ。ロサリートは祖父母の開く座談《テルトウリア》の場で、幾度あの白い髪の話を聞いたことか！　この話をいつもしてくれたのはカマラサの伯母——女学生の熱心さで小説を読む五〇代の老嬢で、いまだにコンポステーラの上流婦人の応接間で一八三〇年代のメランコリックな歌曲を歌っていた。アマーダ・デ・カマラサは、ポルトガルのドン・ミゲル王子の結婚式の際に、ドン・ミゲルとリスボンで知り合った。彼女はまだ子供で、あの背筋をしっかり伸ばし高慢に振る舞うスペイン人亡命者の陰気な姿は鮮やかに記憶に刻み込まれた。ドン・ミゲルは毎朝詩人のエスプロンセーダ[*7]と大聖堂の内庭を散策し、一歩踏み出す度に必ず籐製のステッキの石突きで地面を激しく叩いた。アマーダ・デ・カマラサはリスボンの今は過ぎ去りし楽しき歳月を思い出すと、いつでも嘆息せずにはいられなかった。もしかしたら想像力の目を通して、若き日の唯一度の情熱をもたらした、愛を巧みに語る浅黒い顔をしたポルトガル郷士の姿を再び目にしていたのかもしれない！……しかしこれは、ドン・ミゲル・デ・モンテネグロのとは全く関係のない、別の物語だ。

第四章

長子相続者は広々とした部屋の中央に立ち止まり、長い厚手のフロックコート《レビトン》に閉じ込められた人並み外れた長身を屈《かが》めて挨拶した。

「こんばんは、セラ伯爵夫人。ポルトガルから戻った従兄弟のモンテネグロが参上しましたぞ！」

館の広大で暗い部屋の静寂《しじま》の中で響くと、その声はことさらに力強くことさらに空虚に思われた。伯爵夫人は驚きを表さず、冷淡に返した。

「こんばんは、閣下」

ドン・ミゲルは口髭を撫でつけ、こうした冷淡さに慣れて気にも留めない人間らしく微笑んだ。昔からあらゆる親戚縁者の家で同じように迎えられていたが、断じてそれをまともに受け止める気にはならなかった。召使いを従わせ、主人に対してある種大領主に相応しい軽蔑を示すことで満足していた。一度も自分の巣穴を出たことのないあした百姓郷士が、老いた無神論者の騎士の如き態度と喉の奥で響く声を前にして、遂にはへりくだる様は見物だった。知られざる有為転変に満ちた陰謀家としてのその生活は、彼らに対して闇を暗示する力を発揮したのだ。ドン・ミゲルは素速く伯爵夫人に近づき、丁重であると同時に家族的な態度でその手を取った。

「私はね、従姉妹よ、一晩宿を貸してくれることを期待しているんだ」

そう言いながら、老紳士ならではの堂々たる風情で、一頭分の鞣《なめ》し革でできた重い肘掛け椅子を引き摺《ず》ってくると、長椅子の脇に腰を下ろした。すぐさま、返事を待たず、ロサリートの方を振り向いた。処女の好奇心と女の情熱が込められたその眼差しの、磁力を帯びた重みを感じたのかもしれない！　亡命者は片手を少女の金髪の頭に置き、その目を上げさせると、若き日には数多《あまた》愛し口説いてきた老人ならではのあの洗練された感じの良い礼儀正しさで、抑えた声を発した。過去を振り返る、深く哀しげな声を！

「おまえは私のことを覚えていないだろうね？　だが私は覚えているよ、どこで見かけてもわかるだろう……おまえは叔母さんに、お祖父さんの妹で、おまえには会うことができなかった叔母さんによく似ているんだ！……おまえの名はロサリートだったね？」

「ええ、そうです」

ドン・ミゲルは伯爵夫人を振り返った。

「わかっているかい、従姉妹よ、この娘《こ》がとても綺麗だってことを？」

そして銀色になった男らしい頭を振りながら、独り言の如く続けた。

「幸せになるには綺麗すぎる！」

伯爵夫人は祖母としての虚栄心を擽《くすぐ》られ、孫に微笑みながら優しく応えた。

「従兄弟よ、この子の心を乱さないで。この子が善良でありますように、綺麗さというのは大して価値がない資質ですから！」

亡命者は陰気な芝居がかった身振りで頷き、少女をじっと眺め続けた。少女の方は目を伏せ、手仕事の針を震えながら無器用に動かしていた。老いた無神論者はかくも純粋な少女の魂に生じていることを見抜いたのだろうか？　というのも信じがたいほど大胆な微笑が郷士の白い口髭の下で一瞬震え、その緑の目——暴君か海賊の如く傲慢で軽蔑的な目——が、ドン・フアンの如き優美さで、ロサリートの頭《こうべ》の上に留まったからだ。それは物思わしげに傾き、細い筋で分けられた金髪の束のおかげで一種ラファエル前派風の純潔さを備えていた。しかし亡命者の微笑と視線は、稲光の如く、不吉にして瞬時に消え去った。抑えきれず大領主然とした態度を取り戻し、ドン・ミゲルは伯爵夫人の前で御辞儀をした。

「申し訳ない、従姉妹よ、まだ我が従兄弟のセラ伯爵のことを訊《たず》ねていなかったね」

老女は、天に目を上げながら、溜息をついた。

「ああ！　セラ伯爵位は、随分前に息子のペドロが相続しました！……」

長子相続者は床をステッキの石突きで突きながら、肘掛け椅子の上で背筋を伸ばした。

「神よ！　亡命中には全くわからないものだ。報せ一つ届きやしない……可哀想な友よ！　可哀想な友よ！……我々は塵に過ぎないのだ！……」

眉を顰《ひそ》め、両手をステッキの金の握りにかけて身を支えながら、大見得を切って加えた。

「前もって知っていたなら、貴女の屋敷に泊めていただこうなどとは思わなかったことを信じていただきたい」

「どうして?」

「貴女は私のことを決して良くは思っていなかったからね。その点で貴女はまさにこの一族の一員だ!」

高貴なる夫人は哀しげに微笑んだ。

「貴方《あなた》こそみなを捨て去ったのですよ。でも今それを思い出してもどうにもなりません。貴方の人生については神に釈明しなければならないし、その時には……」

ドン・ミゲルは冷笑しながらお辞儀をした。

「誓ってもいいが、従姉妹よ、時間はまだあるから、そのうち私も後悔するだろうね」

礼拝堂付司祭は、それまで唇を開かずにいたが、愛想良く応じた——郷士が激怒するのを怖れての愛想良さだったが。

「ヴォルテール主義ですな、ドン・ミゲル……ヴォルテール主義者は後に、死ぬ時には……」

ドン・ミゲルは答えなかった。ロサリートの両眼におずおずとしながらも燃えるような懇願を読み取ったばかりだった。老いた無神論者は聖職者を上から下まで睨《ね》めつけると、震えている少女を振り返って、微笑みながら答えた。

「怖がらないで、お嬢ちゃん！　私は神を信じていないとはいえ、天使を愛しているからね……」

聖職者は、融和を図りつつも率直な同じ口調で、再び繰り返した。

「ヴォルテール主義ですな、ドン・ミゲル！　フランスのヴォルテール主義です！……」

ある種唐突に伯爵夫人が割って入ったが、彼女は亡命者の不信心と同様、その優美さにも漠とした恐怖を抱かされていた。

「放っておきましょう、ドン・ベニシオ！　このひとは私たちを説得するべきではないし、逆もまた然《しか》りですよ……」

ドン・ミゲルは精妙な皮肉を込めて微笑した。

「ありがとう、従姉妹よ、我が堅固たる思想を認めてくれて。貴女の礼拝堂付司祭がいかに雄弁かはもう拝見した！」

伯爵夫人は唇の端で冷たく微笑むと、聖職者を黙らせるべく威圧的な視線を向けた。それから、一八三〇年代の貴婦人たちが肖像画に描かせ、応接の間で紳士たちを迎えた、あの真面目で少し物思わしげな態度で呟いた。

「会わなくなってから過ぎた時間のことを考えるとね！……今頃どこから現れたの？　どんな新しい気違い沙汰に引っ張り出されたの？　貴方たち亡命者は決して休むことがない

のですね！……」

「我が闘争の歳月はもはや過ぎ去ったよ……もう私は貴女が知っていたあの人物ではない。国境を越えて来たのは、ただコインブラの学生どもに暗殺された哀れな亡命者の孤児《みなしご》に援助金を持っていくためだ。この義務を果たしたら、ポルトガルに戻るよ」

「もしそうなら、神の御加護がありますように！……」

第五章

古めかしい卓上時計が一〇時を打った。一八世紀の作らしく、金箔を施した銀製の、くどいバロック趣味の品だった。葡萄の葉の冠を被り大樽の上で眠るバッカスを象《かたど》っていた。

伯爵夫人は大声で時を口にしてから、話題に戻った。

「わたしは貴方がサンティアゴにいて、それから仲買人に扮してバルバンソンの祭りにいたことを知っています。貴方は陰謀を画策していると聞きました」

「そう言われていることはもう承知している」

「貴方は何をやってもおかしくないけれど、使徒の如く慈善を施すことだけはしないと思われています……」

そうして貴婦人は少しばかり信じがたそうに微笑んだ。少ししてから、それとわからぬほど声を低めて、加えた――

「つまり貴方の肩の上で首が十分安泰だと思ってはいけないということです！」

伯爵夫人がその言葉に纏わせようとした冷淡さの仮面を透かして、関心と愛情が顔を覗かせていた。ドン・ミゲルは同じく腹を割った口調で、視線を居間に巡らせながら答えた。

「私が逃走中だということはもうお察しだろう！　まさに明日国境を越えるために馬が必要なのだ」

「明日？」

「明日」

伯爵夫人は一瞬考え込んだ。

「問題は、質の悪いのも含め、館には乗り物になる動物がいないのです！……」

そして亡命者が眉を顰めるのを目にしたかの如く、付け加えた。

「疑われるのは心外です。貴方御自身で厩に降りて確認したらよろしいでしょう。一月ほど前、「片腕《エル・マンコ》」の部隊がこの辺りを徴発して回って、うちにいた二頭の牝馬《ひんば》を連れて行ったのです。思いがけない時にまた同じ目に遭うのは御免なので、買い直そうとはしませんでした」

ドン・ミゲル・デ・モンテネグロは話を遮った。

「村にはセラ伯爵夫人に馬を貸してくれる人はいないのかね？」

長子相続者の質問に沈黙の一瞬が続いた。全員の頭が俯き、考え込んでいるようだった。ロサリートは両手を組み、手仕事は膝に落として、老女の傍らで長椅子に腰掛けていたが、おずおずと嘆息した。

「お祖母さま、侍従なら、怖がって乗ろうとしないけれど、馬を持っています」

そうして顔を真っ赤にして、聖母の如き口を半ば開き、両眼の奥に謎めきくるくると変わる気持ちを窺わせ、ロサリートはまるで危険を前に助けを求めるかの如く祖母にしがみついた。ドン・ミゲルは彼女の恐怖心を掻き立てたが、何かを仄めかすような魅惑的な恐怖だった。会わなければよかったと思いつつ、立ち去ってしまうかもしれないと思うと悲しくなった。聞く者を戦《おのの》かせるが、それでいて魔力で魂を最後まで虜《とりこ》にする、そんな怖ろしくも美しいお話の英雄に思えた。少女の言葉を聞きながら、亡命者は紳士的な軽蔑を露わに微笑を浮かべ、唇の上で凜々しく上を向いている乱れた口髭を整えさえした。その態度は軽い嘲りを含んでいた。

「神に栄えあれ！　侍従が怯えて乗らない馬とあらば、ブセファロス[*8]と見紛うばかりの逸物に違いない。我が愛する御婦人方、ここには私にお誂《あつら》え向きの駿馬ありというわけだ！」

伯爵夫人は気も漫《そぞ》ろに一人遊びのトランプの札を何枚か動かし、少ししてから、まるで考えと言葉が遙か彼方からやってきたかの如く、礼拝堂付司祭に向けて言った。

「ドン・ベニシオ、司祭館に貴方が行って侍従と話す必要があるようですね」

ドン・ベニシオは『キリスト教暦本』の頁をめくりながら答えた。

「私は伯爵夫人様が御命じになることに従います——が、もっとよいお考えがあれば別ですが、私としては貴女様の御手紙があった方がより話を通しやすいかと思います」

ここで聖職者は剃髪した頭を上げ、貴婦人が納得のいかない様子でいるのを見て、急いで言った。

「説明をお許しください、伯爵夫人様。聖シドランの日に私どもは一緒に狩りに参りました。侍従と、山で合流されたセラの教区司祭が手を組んで、私に対して底意地の悪い悪戯を仕掛けてまいりました。一日中二人で大笑いをしておりました。六〇歳になるというのに、二人とも悪童のようなユーモアのセンスを持っているのです！　もし私が今司教館に馬を貸してほしいと言って現れたら、間違いなく笑い飛ばされるでしょう。全くもって侍従様はお年を召されたわんぱく坊主でして！」

ロサリートは熱を込めて老女の耳元で囁いた。

「お祖母さま、一筆書いてさしあげて……」

伯爵夫人の震える手は孫娘の金髪の頭を撫でた。

「すぐにね、おまえ！……」

そしてセラ伯爵夫人は、何年もの間麻痺《まひ》に苦しめられていたものの、助けを借りずに真っ直ぐ立ち上がり、礼拝堂付司祭に先導され、松葉杖に優雅に身を傾けながら居間を横切ったが、その杖は聖地に置かれているような、銀の釘で飾られ緋色の天鵞絨《ベルベット》のクッションがついたものだった。

第六章

庭の暗い奥の方、蟋蟀《こおろぎ》がセレナーデを奏でるところから、ざわめきと芳香がやって来た。それらをもたらした優しい微風は茂みを震わせたものの、そこで眠っている鳥たちを起こしはしなかった。時折、枝の茂みが囁き声を立てながら開き、白い月明かりが射し込み、その時まで人目を忍ぶような影に隠れていた石の腰掛けのいずれかに当たって砕けた。芳香に満ち満ちた夜、官能と怠惰が染み込んだあの夜の音色、そしてあの月の光、あの孤独、あの神秘は、吟遊詩人《トロバドール》の世紀における愛の逢瀬をロマンティックに想起させるかのようだった。ドン・ミゲルは肘掛け椅子から立ち上がり、奇妙にも気もそぞろになって、暗く黙りこくり歩き回り始めた。その軍隊式の歩みの下で床が揺れ、肖像画や、釣鐘形のガラスケースや、花瓶がロココ風に載せられ祭壇の如く見える古風なコンソールテーブルも揺れた。少女の目は無意識におどおどとかの陰鬱な姿の往来を追っていた。亡命者が灯りに近づくと、そちらを見る勇気が出なかった。闇にその姿が消えると、熱心に探した。ドン・ミゲルは部屋の中央で足を止めた。ロサリートは急いで目を伏せた。長子相続者は、黄金の百合の如く傾くあの金髪の繊細な頭部を見つめながら微笑むと、少ししてやっと言った。

「いい子だから、私をごらん！　おまえの瞳は、私のために多くの涙を流してくれたある女性《ひと》の瞳を思い出させるのだ！」

　ドン・ミゲルはロマン主義めいた誘惑者の悲劇的な身振りと、不吉で痛ましい言辞を身につけていた。若き日にバイロン卿を知り、この英国詩人の影響は彼にとって決定的なものとなっていた。ロサリートの睫毛は臆病な羽ばたきで頬を掠《かす》め、見習い修道女の如く伏せられたままになった。亡命者は白い髪を、少女がその宵の間幾度もそれにまつわる小説めいた物語を思い出していたあの髪を振るって、長椅子に腰を下ろしに行った。

「誰かが私を捕らえにやって来たら、おまえはどうする？　おまえの寝室に匿《かくま》う勇気はあるかい？　サン・パヨのある尼僧院長は、そうやっておまえの祖父の命を救ったんだよ！……」

ロサリートは答えなかった。彼女は、あまりに無垢だったので、羞恥心から来る火照《ほて》りを体中に感じた。老いた無神論者は、まるでただ彼女を更に戸惑わせることのみを求めているかの如く、じっと見つめていた。あの緑の瞳の圧力は、同時に陰鬱でありかつ魅惑的、不安にさせかつ大胆だった。愛を毒薬の如く染み込ませ、魂を犯し、この上なく純粋な唇から口づけを盗むものと言えたであろう。一瞬の後、苦々しい微笑と共に付け加えた。

「これから言うことをお聞き。捕らえにやって来たら、私は自殺するだろう。我が人生はもはや長くも幸せでもあり得ないのだから、ここでおまえの手が私に死衣を纏わせることだろう！……」

あたかも陰鬱な考えを遠退《とおの》けようとするかの如く、雄々しく美しい仕草で頭を振り、額に影を投げかけていた髪を後ろにやった――尊大で飾り気のないその額は、あらゆる誇大妄想、愛と同じく憎悪の、天使的な誇大妄想と同じく悪魔的な誇大妄想を裡《うち》に閉じ込めているかのようだった……ロサリートはほとんど声もなく呟いた。

「貴方にかくも多くの危険を首尾良く切り抜けさせてくださるよう、聖母様に九日間の祈り《ノベーナ》を捧げましょう！……」

曰《いわ》く言い難い同情の波が、その胸をいとも甘く塞いだ。奇妙な混乱の虜となり、不安か、心の痛みか、優しさかはわからないが、今にも泣き出しそうに感じた――その時まで味わったことも予感したこともなかった暗い感動によって、存在の最奥まで揺すぶられているのを感じた。羞恥の炎が頬を焼いていた。心臓は胸から飛び出さんばかりだった。神聖な不安の結び目が喉を詰まらせていた。神秘的な寒気が肉体を駆け巡っていた。男性が近くにいることが処女に引き起こす震えに戦慄《わなな》いて、ひたすらに見つめ続けひとを支配するあの目から逃れたいと思ったが、魔法は解けなかった。亡命者は彼女を奇妙な、専制的かつ愛人の如き身振りで掌中に留め、彼女は打ち負かされ、泣きながら両手で、見習い修道女の如く蒼く、神秘主義者の如く燃える美しい両手で顔を覆った。

第七章

伯爵夫人は居間の戸口に現れると、息を切らして力なく立ち止まった。

「ロサリート、おまえ、腕を貸しておくれ！……」

紋章の付いた仕切りのカーテンを松葉杖で開いた。ロサリートは両目を拭い、いそいそと駆けつけた。高貴な奥方は白く震える右手を孫娘の肩に置いて体を支え、溜息をついて呼吸を整えた。

「心の清らかなドン・ベニシオはもう司教館への道を辿っているよ！……」

そうしてその目は亡命者を探し、見つけると、

「貴方は、明日までは出発しないのでしょう？　ここなら他のどこにいるよりも安全ですよ」

ドン・ミゲルの唇に美しい軽蔑の微笑が浮かんだ。この冒険家の郷士の口は、往時の大領主たちが死に挑んだ際の振る舞いを再現していた。ドン・ロドリゴ・カルデロン[*9]は処刑台の上でかくの如く微笑んだに違いなかった。伯爵夫人は、長椅子へ重たげに体を落としながら、柔らかな皮肉を込めて付け加えた。

「年代記によればこの館に滞在していた時分にカディスのディエゴ師が暮らしていたという部屋を準備するよう命じました。貴方には聖者の部屋が最適かと思われたのでね……」

微笑を浮かべて言葉を切った。長子相続者はお辞儀をして、嘲笑うかの如き同意を示した。

「初めは大罪人だった聖人もいたからね」

「ディエゴ師が貴方に奇蹟を起こされるといいのですが！」

「期待してみるかね、従姉妹よ」

「わたしは期待していますよ！」

老いた陰謀家は、突然機嫌が変わって、少しばかり荒々しく叫んだ。

「一〇レグアもの間丘や難路を歩いてきたおかげで、すっかりくたくただ、従姉妹殿！」

ドン・ミゲルは立ち上がっていた。伯爵夫人は呟きながら遮った。

「貴方の送る人生を神がお助けくださいますように！　では休んで明日のために力を取り戻さないといけませんね」

それから孫娘を振り返って付け加えた。

「貴女が灯りを持って行って案内をしてあげなさい、おちびさん」

ロサリートは臆病な子供がするように頷くと、応接間の前に据えてある大きなコンソルテーブルの上にあった燭台の一つに火を点けに行った。新婦の如く震えながら戸口まで進み、そこで長子相続者と伯爵夫人が低い声で続けていた会話が終わるのを待った。ロサリートには辛うじて微《かす》かな囁きが聞こえるだけだった。溜息をつきながら頭を壁にもたせ、目を半ば閉ざした。激しく乱れた胸の高鳴りに満ちた動揺の虜になっているのを感じていた。そんな女像柱《カリアティード》の姿勢をとっていると、あの世との境で動きを止められたこの世のものならぬ像のようだった。あまりにも蒼冷め、あまりに悲しげで、死の観念に心が充たされるのを感じることなく彼女を見つめることは、一瞬たりとも不可能だった……祖母が呼んだ。

「どうしたの、おちびさん？」

ロサリートは返事の代わりに、ただ悲しげに微笑みながら目を向けた。老女は不快感を表して首を振ると、ドン・ミゲルを振り返った。

「貴方とはまだ明日も会えるといいのですが。礼拝堂付司祭が暁のミサを礼拝堂で挙げるので、貴方にも聴いてほしいのです……」

長子相続者は、女王の前でするかの如く、お辞儀をした。それから、その魂の性質とかくも調和したあの高慢で堂々たる歩き方で、広間を突っ切った。仕切りのカーテンがその後に垂れると、セラ伯爵夫人は少しばかり涙を拭わずにはいられなかった。

「何て人生かしら、神様！　何て人生！」

第八章

館の広間――豊穣の角《コルヌコピア》と将軍や貴婦人、僧正の肖像画で飾られたあの大広間――は、震える闇に沈んでいる。老伯爵夫人は長椅子で微睡んでいる。丸テーブルの上では長子相続者の杖とロサリートの手仕事が同じく微睡んでいるようだ。幻影の一群が分厚いカーテンの間でざわめく。全てが眠っている！　ところが突然伯爵夫人は目を開き、ぎょっとして庭の扉に視線を釘付けにするのだった。夢の中で叫びを、何ごとか定かならぬ、あまりにも恐ろしい夜の叫びを耳にしたと思ったのだ。首を前に突き出し、心はびくびくと気懸かりで、しばらくそのまま聞き耳を立てる……何も聞こえない！　静寂は深い。居間の静けさを乱すものは、ごく僅かに明るくなってきた部屋の奥で輝く時計の規則的で微かな時を刻む音ばかり……

伯爵夫人は再び眠り込む。

鼠が一匹隠れていた場所から出て来て、優美で活発な駆け足で広間を横切る。豊穣の角がそれを高みから見つめている。暗い隅に隠れた怪物の瞳のようだ。月光の照り返しが広間の中央まで入り込む。薔薇でいっぱいの壺に立てかけられたダゲレオタイプが、丸テーブルの上で燦《きら》めく。庭で歌う蟇蛙《ひきがえる》のか細く痛々しい声が、間歇《かんけつ》的に聞こえる。真夜中、ランプの光は息絶えなんとしていた。

伯爵夫人は目を覚まし、十字を切る。

再び叫び声が聞こえたが、今度はあまりに明瞭で、あまりに紛れもなかったので、もう疑いはない。松葉杖を求め、立ち上がろうとして耳を澄ます。大きな黒猫が椅子の背によじ登って、彼女を光る目で見張っている。伯爵夫人は恐怖の寒気を感じる。五感に取り憑いてくるこの感覚から逃れるべく立ち上がり、居間を出る。大きな黒猫は哀れっぽく鳴きながら後をついて来る。その立てられた尾、山なりに曲げられた背、闇に微光を放つ瞳のせいで、まるで魔法のかかった生き物の如くに見える。廊下は暗い。松葉杖を突く音が人《ひと》気《け》のない教会の身廊のように反響する。彼方の突き当たりでは、少し開いた扉から光が一筋漏れている……

セラ伯爵夫人は震えながら辿り着く。

部屋は人気なく、誰かが立ち去った後のようだ。庭に面して開いた窓を通して、幻想的な素描の如く、星の輝く黒い空を背景にして際立つ木々の塊が見える。夜の微風が銀の燭台の蠟燭を震え上がらせ、金色の蠟受けの上で身も世もなく泣きじゃくらせる。あの謎めいた暗い庭に向かって開いた窓には、何やら思い起こさせ暗示するものがある。誰かがそこを通って逃げたばかりであるかのように見える！……

伯爵夫人は恐怖で動けなくなり足を止める。

部屋の奥では、カディスのディエゴ師が眠った癒《ゆ》瘡《そう》木《ぼく》の寝台が、どこか典礼の趣を宿した古い緋色のダマスク織の長いカーテン越しに、硬く厳めしい線を描いている。時折黒いしみが塀の上を走り抜ける。巨大な鳥の影に思えるやもしれない。それが屋根に下り、角《かど》で変形し、床を這って椅子の下に隠れるのが見える。いきなり、眩暈《めまい》がするような曲芸を始めて、再び塀に跳び上がり、蜘蛛の如くそこを駆けてゆく……

伯爵夫人は自分は死ぬのではと思う。

あの時刻、あの静寂の只中で、耳に入るごく微かな物音も彼女の幻覚を強める。軋《きし》む家具、木を嚙《かじ》る虫、窓の縦仕切《マリオン》りで身を捩《よじ》る風、全てが彼女にとって悲劇を暗示するか、さもなくば身の毛のよだつ響きを備えていた。松葉杖の上に背中を丸め、全身を震わせている。寝台に近づき、カーテンを開き、そして見る……そこにロサリートが、息絶え、力無く白くあるのだった！　二粒の涙がその頰を湿らせている。両眼は不動で悍《おぞ》ましい死者の眼差しを湛えている。その白い胴着には一筋の血が流れている！……ほんの少し前まではまだ少女の髪の三つ編みを留めていた金の大きなピンが、野蛮にもその胸に、心臓の上に突き立てられている。枕の上に金髪が、悲劇的に、マグダラのマリアの如く広がっている……

＊1――イベリア半島にかつて住んでいたゲルマン系の部族。
＊2――「ベアトリス」の註1参照。
＊3――ジョルジュ・ダントン（一七五九－一七九四）。フランス革命を代表する政治家。
＊4――イエス・キリストのことだが、救世主ではなくあえて哲学者と呼ぶことで信徒を挑発している。
＊5――ラファエル・デル・リエゴ（一八八四－一八二三）。スペインの自由主義政治家。
＊6――スペインの劇作家アントニオ・ガルシア＝グティエレスの戯曲。ヴェルディのオペラ『イル・ト

ロヴァトーレ』の原作。

＊7――ホセ・デ・エスプロンセーダ（一八〇八－一八四二）。スペインのロマン主義詩人。代表作「サラマンカの学生」。

＊8――アレクサンダー大王の愛馬。

＊9――ロドリゴ・カルデロン・デ・アランダ（一五七六－一六二一）。フェリペ三世に仕えた軍人・政治家で、兵士の殺害を命じたことなどを理由に対抗勢力から告発され処刑されたが、拷問や処刑に毅然として耐えたことで知られる。

夢のコメディア

Comedia de ensueño

馬車の通れない二本の険しい道が交わる場所に臨む、山の洞窟。数人の男たちが馬に乗り一団となってやって来ると、老女が一人洞窟の入口に顔を出す。竈《かまど》の火が燃える赤らんだ背景の前に、その姿が暗く浮かび上がる。黄昏時で、岩石地帯に巣がある鷲たちは重々しい飛び方で空中に止《とど》まり、羽ばたきが聞こえてくる。

老女　いかに一心におまえたちを待っていたことか、息子たちよ！　体を温められるようにと、昨日から十分火を熾《おこ》しておった。疲れ切っておろう？

老女は洞窟に入り、男たちは下馬する。無骨な顔つきで、瞳は白目の中で奇怪に荒々しくぎらついている。中の一人が馬の世話をするために残り、他の者は鞍袋《サドルバッグ》を肩に掛け、洞窟の中に入り、火の側に腰を下ろす。一二人の盗賊と首領である。

老女　運は向いていたかい、息子たち？

首領　今から見せてやるよ、シルビア母さん！　おまえら、分配できるよう戦利品をまとめるんだ。

老女　こんなに長く留守にしたことは一度もなかったね。

首領　これ以上は短くしようがなかったんだ、シルビア母さん。

シルビア母さんは竈の上に布を拡げた。その目は貪欲そうに、一二人の手が鞍袋の奥に消えては絡まった金の宝飾品を取り出し、それが炎の揺らめきを受けて輝くのを見ている。

老女　こんなに見事な宝石は見たことないねぇ！

首領　おまえの袋には何も残っていないか、フェラグー？

フェラグー　何も、お頭《かしら》！

首領　おまえのには、ガラオール？

ガラオール　何も、お頭！

首領　おまえのには、フィエラブラース？

フィエラブラース　何も！……

首領　いいだろう。ちょっとでも誤魔化しやがったら、おまえら、命で払わせるから覚悟してろ。ここを照らしてくれ、シルビア母さん。

シルビア母さんは引っ掛け式のランプを下ろす。首領は入ってきた時に火の前にあるべンチの上に置いた自分の袋を持ってくるよう命じ、盗賊たちは近づく。無骨で好奇心に満ちた一群の頭の上で、血の色をした焚火の反射光がぎらつく。首領は袋から金の刺繍が施された大きなキャンバスを取り出し、それを拡げると、切断された片手が屍衣の如く包まれていたことがわかる。指いっぱいに指輪を嵌《は》めた、花の如く白い女の手だ。

老女　何て指輪だろう！　一つ一つが一財産するよ。これより値が張るものも美しいものもないね。勉強しておきな、息子たちや……

首領　その手だって美しいさ、持ち主もさぞや美しかったに違いない！

老女　相手を見なかったのかい？

首領　いいや……手が格子から覗いていたんで、ヤタガン*1の一撃で切り落としたんだ。ジャスミンに隠れた格子で、指輪の燦《きら》めきがなければその手はもう一輪の花に見えたかもしれない。俺は馬を走らせて通りかかり、手綱を引きもせずに切り落とすと、それは血飛沫《ちしぶき》を跳ね散らかしながら花々の間に転がった。辛うじて拾い上げ逃げる時間しかなかった……ああ、かくも美しい女を思い描くだけでもできたらいいのだが！

首領は物思いに耽る。哀しみの雲がその面《おもて》を曇らせ、火を見つめる黒く暴力的なその目には、炎と夢のこの世のものならぬ反射が震えている。薄布の上に横たわる手に、盗賊の一人が手を伸ばし、力無い指に嵌め込まれているかの如く見える指輪を抜こうと試みる。首領は頭をもたげ恐ろしい目で睨みつける。

首領　触っちゃならねえものには手を出すな、このくそったれが。折悪しく俺のヤタガンが切り落としたその手を放っておけ。あの時俺の目が盲《めし》いてそいつが見えなければよかったのに！　花の如くすぐにも萎《しお》れてしまうだろう哀れな白い手よ！　切り取った元の腕に再びくっつけることができるなら、俺の宝物をみんな差し出すのだが！……

老女　それにもしかしたらもっと凄いお宝が見つかったかもしれないよ！

首領　それにあの女の顔を見るためなら命を差し出したのだが。シルビア母さん、あんたは手相が読めるんだから、何者だったのか教えてくれ。

首領は溜息をつき、盗賊たちは二粒の涙がその獰猛な頬を伝うのを見て驚き口を閉ざす。シルビア母さんはその魔女の両手にかの白い手を取り、あっさりと指輪を取り去る。それから生気のない掌を擦《こす》って血を拭い、手相の線が読めるようにする。盗賊たちは黙って耳を傾ける。

老女　生まれた時からこの手は、幸運の印とされる花を風に散らす運命にあったんだよ！魔法にかけられた生娘の手で、牢番の小人が眠っている間に、道行く人を呼ぼうと格子の外に突き出していたんだ。

首領　いかに優しく謎めいていまだ俺を呼んでいることか！……

老女　おまえの目が見るまで、人間の目は彼女を見たことがなかったんだ、小人の力によってある者には白い鳩のように、ある者には花咲く格子の花のように見せかけられていたからね。

首領　なぜ俺の目には誤魔化されることなしに見えたんだ？

老女　これ以上鳩とも花とも思われぬよう、指輪を嵌めていたからだよ。そしておまえが通りかかり、ヤタガンで手を切り落としたりしなければ、とある王様の娘で魔法をかけられていた生娘を嫁にできていただろうに。

首領は黙って考え込む。シルビア母さんはランプの光で指輪を数え品定めする。フェラグー、ガラオール、フィエラブラースと他の盗賊たちは戦利品を分配する。

フェラグー　こっちにその指輪をくれよ、シルビア母さん。

ガラオール　見せてくれよ。

フィエラブラース　お頭は見事な一撃をお見舞いしたな！

アルヒラーオ　その指輪は魔法でできていて、消えちまうんじゃないか？

ソリマン　それが心配だったら、おまえに回ってきた分は買い取ってやるよ。

赤髭　俺は買っても、交換しても、賭けてもいいぜ。

老女　あまりに光を放つものだから、あたしの皺だらけの手さえ、嵌めていると綺麗に見えるよ。

これらの言葉の後沈黙が訪れる。梟《ふくろう》の歌う声が聞こえ、一同耳を傾ける。まだその沈黙が続いている間に、洞窟の入口に粗羅紗の服を着て長い髭を生やした苦行者の影が現れる。頭巾を被ったまま、巡礼の長い杖の上に体を折って入ってくる。洞窟の中央で背を伸ばし、尊そうな髭を毟《むし》り取り竃に放り込むと、髭は軽くはためき炎を上げる。盗賊たちは賑やかに笑う。首領は一同の上に視線を巡らす。

隠者　一つ報《しら》せを持ってきたが、眉を顰《ひそ》める類いではないぞ、お頭。

首領　とっとと話して、失せろ。

隠者　夜明け前に山を、金持ちの商人たちの隊列が通るだろう。

盗賊たちは歯を剥き出しにして狼の如く笑い大騒ぎする。フェラグーは竈の石で自分の短刀を研ぎ、老女はもう一束火に薪をくべる。

首領　商人は大勢なのか？

隠者　赤のエリバーンの息子や孫たちだ。

首領　で、どこに向かう？

隠者　絹とブロケードを産する、遙かな土地に。

首領は火を見ながら押し黙り、再び夢想の霧に沈む。洞窟に一匹の犬が慎重に入り込む。

夜になると、月明かりの下、人気《ひとけ》のない小道の端を駆けてゆく犬の一匹だ。塀に身を寄せ、耳を伏せて、影の中臭《にお》いを追うような犬だ。怒鳴り声がする。犬は逃げるが、金の布の上に横たわっていた白と神秘の花、切断された手を歯で咥《くわ》えていく。盗賊たちは洞窟の口に殺到する。犬は夜陰に消えている。

首領　追え！

フェラグー　影に呑み込まれちまったみたいだ。

ソリマン　誰にも見られずに洞窟に入ってきたぞ。

ガラオール　魔法のかかった犬だ。

赤髭　持って行かれたのが手だけなのはついていたな、指輪はもうシルビア母さんが外していたから。

首領　追いかけろ！　あの手を取り戻した奴に俺の宝の半分をやろう。追うんだ！　フェラグー、ガラオール、ソリマン、藪《やぶ》一つ残さず山狩りをしろ。赤髭、ガイフェロス、シフエール、おまえたちは山道を走っていけ。急げ、馬に乗れ！　俺の宝の半分はあの手を取り戻してくれた奴のもの、宝の半分に、あの生気のない指に光るのをおまえたちも見た指輪全部をくれてやろう。急げ、急いで馬に乗れ！　聞こえねえのか？　俺の命令を無視するのはどいつだ？　山狩りに行くか、山道を走りに行くか、さもなくばおまえらの首が転がるぞ。

盗賊の集団は十字路に止《とど》まり、もっと奥では鞍を置かれた馬が山のごつい草を食《は》んでいる。吹き曝《さら》しの、岩だらけの土地を月が照らしている。隊商が遠くをゆっくり、眠たげに通るのが聞こえる。シルビア母さんの声が洞窟の入口から聞こえてくる。

老女　息子たち、無益に世界を駆けめぐるでない、王女の手を見つけることもなく、道の途中にそこここで老いて果てるだろうから……隊商が通りかかっている、運が用意してくれた富を利用するがいい。

首領　黙れ、くそ婆が、俺の短刀で舌を釘付けにされたくなければな。

フェラグー　そんなこと俺が許さねえ！

ソリマン　俺もだ！

赤髭　シルビア母さんの話は筋が通っている。

ガラオール　お頭はあの切った手のせいで魔法をかけられちまっているんだ。

シフェール　俺はこの世の何をくれると言われても、その指輪一つさえ嵌める気はないね。

ガイフェロス　俺は、獲物を分配する時にそのどれかが当たったとしても、今から言っておくが要らねえよ。

首領　黙れ、牝犬の子め！　俺は一人で行ってやる、誰も必要ねえからな。おまえらはここに残って、処刑人の縄を待っていやがれ。

配下の集団の方に一歩踏み出し、傲慢な軽蔑を込めて睨《ね》めつける。盗賊たちは短刀に手をかけ、獰猛に激高して待ち構える。山を渡る隊商の物音がより近くで聞こえる。首領は大声で自分の馬を呼ばわり、跨《また》がって去って行く。

老女　助言を覚えておくんだよ！

ガイフェロス　呼んでも無駄だよ、耳を貸すわけがない。

アルヒラーオ　もう二度と戻らないだろう。

フェラグー　今からは、俺がおまえらの頭だ。

赤髭　俺がなる。

ソリマン　俺たちみんなが同じことを言えるのがわからないか。

ガラオール　運任せといこう。

シフェール　骰子《さいころ》で決めればいい。

シルビア母さんが白い手の屍衣だった金の布を地面に拡げ、盗賊たちが運命を骰子に託す一方、月が照らす道を、幻影の王女の手を探す騎手が駆けてゆく。

＊1――鍔《つば》なしの緩いS字形の長剣。

ミロン・デ・ラ・アルノーヤ

Milón de la Arnoya

葡萄の収穫期のとある午後、我が家の囲い地の柵のところに、背が高く、痩せて、真っ黒でぼさぼさの髪の、隈《くま》に囲まれて落ち窪み燃える目をした若い娘がやって来た。騒がしく、激しく望みを訴えながらやって来た――

「あたしを虜《とりこ》にしているモーロ人の王から助けてください！　イスカリオテっていうひとに囚われているんです！」

引き馬の外された荷馬車の陰に座ると、乱れ髪をまとめ始めた。その後で家畜が水を飲んでいた丸桶まで辿り着き、こめかみについていた傷を洗った。ブレタルのセレニンという老人は、大甕《おおがめ》の中で葡萄を踏んでいたが、葡萄汁で赤く染まった手で汗を拭いながら足を止めた。

「勘弁してくれ！　匿《かくま》ってもらう必要があるなら、司直に訴えるんだな。俺たちがここでどんな風にあんたを助けられるっていうんだ？　勘弁してくれ！」

女は懇願した。

「あたしが炎に取り囲まれているのを見ておくれ！　祝福を受けた言葉を唱えて神様の敵からあたしを解放してくれる、キリスト教徒の口一つさえないのかい？」

一人の老女が問い質《ただ》した。

「あんたはこの土地のひとじゃないのかい？」

真っ黒な女は啜り泣いた。

「サンティアゴから四レグア上《かみ》のもんです。この土地で奉公するつもりで来たんですが、奉公先を探している時に、魂ごとサタンに捕らえられちまったんです。レイネット種の林檎に仕込まれた魔法のせいでした。今はあたしの三つ編みを摑んで引きずり回す若い男と罪の中で暮らしています。捕らえられているんで、あいつを好きになったことは一度もないし、ただ死んでほしいだけです。サタンの知恵を使ってあたしを虜にしているんです！」

女たちと年寄りたちは敬虔に呟きながら十字を切ったが、若い男たちは髭の長い山羊の如く鼻を鳴らし、収穫の荷車の上で、葡萄踏みの甕《かめ》の中で、赤くなって、裸で、力強く飛び跳ねた。ルガール・デ・コンデス出身のペドロ・エル・アルネーロが叫んだ。

「フフルフー！　お触りや擽《くすぐ》りをさせてやらなけりゃ、神の敵なんかとっとと飛んでいっちまうのによ」

陽気で野蛮な笑いが響いた。若い女たちは少しばかり顔を赧《あか》らめ、俯いてショールの結び目を噛んだ。若い男たちは荷車の高みで、改めて葡萄を踏みながら飛び跳ね奇声を上げた。私の祖母は、リューマチで痛む片脚を引き摺《ず》り、ミカエラ・ラ・ガラーナの腕に掴まりながら、狭い中庭に顔を出したところだった。ドーニャ・ドローレス・サコは私の母方の祖母で、慈善家で誇り高く、長身で、無愛想でとても古風だった。真っ黒な娘は両腕を上げて中庭の方を振り向いた。

「あたしを助けてください、高貴な奥様！」

祖母の顎先が震えた。居丈高な口調で問い質した。

「どんな助けを求めているんだい、若いの？」

「モーロ人の王様から助けてほしいんです！　捕らえられていた山の洞窟から逃げてきたんです」

ミカエラ・ラ・ガラーナが祖母の耳元で囁いた。

「頭がおかしいようですね、ドローレス奥様！」

そこで祖母は貝縁の棒付き眼鏡を持ち上げ、若い女を見ながら再び問い質した。

「おまえは誰のことをモーロ人の王と呼んでいるのかい？」

「モーロ人の王様って言ったらモーロ人の王様ですよ、奥様！」

「静かに話しなさい」

真っ黒な女は呻いた。

「サタンの知恵であたしを虜にしているんです！」

ブレタルの老セレニンが割って入った。

「奥様がお知りになりたいのは、おまえを支配している若いのが何て名前で、どこの出身かだよ」

真っ黒な女は両腕を上げ、震えながら、嗄《かす》れた声で言った。

「ミロン・デ・ラ・アルノーヤです。全然聞いたことがないんですか？　ミロン・デ・ラ・アルノーヤです」

ミロン・デ・ラ・アルノーヤはお尋ね者の大男で、山に立て籠もり、畑や牧舎で盗みを働いて暮らしていた。祖母の家では、使用人たちが宵に玉蜀黍《とうもろこし》の粒をほぐしに集まる時には、いつもミロン・デ・ラ・アルノーヤの話が出た。ある時にはどこかの祭りで、ある時には街道で、ある時には狐のように村の周りを彷徨《うろつ》いているのが目撃されていた。そしてブレタルのセレニンは、羊の群を飼っていたので、奴がガンダラス・デ・バルバンサでどのようにして子羊を盗んでいたかを話したものだった。お尋ね者のあの大男の名は、みなの顔に陰を落とした。祖母だけが軽蔑的な微笑を浮かべていた。

「そのやくざ者が仮におまえを求めてやって来たとしても、連れては行けないだろうよ。うちで匿ってやるよ、若いの！」

祖母を賞賛するざわめきが上がった。真っ黒な女はへりくだって礼を言い、頭をショールで覆い、庇護を受け中庭に行って座った。遠くで葡萄収穫の声が響いていた。荷車の長い列が石畳の道を通ってやって来ていた。上気した娘たちが裸足で先に立ち、二頭立ての金色の牛たちを励ましながら歩いてくる。他の娘たちは荷車に載った甕の中で、口を歌と笑いでいっぱいに、葡萄の汁で赤くしてやって来た。荷車はゆっくりと囲い場に入ってきた。最後の荷車の後から、全身襤褸《ぼろ》を纏った乞食が現れた。体毛が濃くがっしりとしていた。真っ黒な女は、頭を覆っていたが、察したかの如く立ち上がった。蒼くなって、陰鬱に震えながら言った。

「倒錯者め、魔法の知識がおまえをこの戸口まで導いたんだね！　笑うんじゃないよ、サタンの口め！」

男は囲い場の境から動かなかった。こっそりと視線を周囲に向け、再び地面に落としながら溜息をついた。

「道を行く哀れな者が水を飲みたいと思っただけだ」

真っ黒な女は叫んだ。

「あんたがたに話しかけているそいつがミロン・デ・ラ・アルノーヤだよ！　そこにいる！　狂犬みたいに喉の渇きで死んじまえ、ミロン・デ・ラ・アルノーヤ！」

全ての声が静まり返った。女たちは好奇心で胸を高鳴らせながら、男たちは慎重に乞食を見ていた。何人かは引き馬を追い立てるのに使う槍を摑んでいた。中庭の高い所で祖母は体を支えていた腕を放して、無愛想に力を漲《みなぎ》らせ、顎先をずっと震わせながら、背を伸ばした。その権威的な声が聞こえた。

「その男を助けておやり、済んだら立ち去るがいい」

ミロン・デ・ラ・アルノーヤは頑なに額をほとんど上げもしなかった。

「ドローレス奥様、その女は俺を破滅させます。俺の悪口なんて何も言えないはずです。全部について本当のことを話せよ、ガイターナ」

真っ黒な女は両腕を振り回した。

「憎まれるがいい、誘惑者め！　憎まれるがいい！」

窪んで生気のない祖母の目が怒りの炎で活気を取り戻した。

「若い衆、その極道者をうちの戸口から放り出しなさい」

ベアロのレミヒオとペドロ・エル・アルネーロが囲い場の格子戸に向かったが、ミロン・デ・ラ・アルノーヤは荒々しく嘆きながらそれを抑えた……

「待ってくれ、もう行くから！　人間より狼どもの方がまだ兄弟愛があるってもんだ」

極道者は遠ざかっていった。真っ黒な女は地面にひっくり返り、口から泡を吹いて身を捩《よじ》り、葡萄を収穫していた女たちは彼女を取り囲むと、着ている服を引き裂かないよう押さえつけた。ブレタルのセレニンが井戸から水を持ってきた。ミカエラ・ラ・ガラーナがロザリオを手に中庭に降りたその瞬間、石畳の道でミロン・デ・ラ・アルノーヤのあげる大声が聞こえた。山の害獣が叫ぶかの如き声で、真っ黒な女はそれを聞くや否や、祝福されたロザリオが触れる前に、女たちの輪の真ん中で立ち上がった。泡を吹き、呻《うな》り、ぼろぼろの服の間から痙攣《けいれん》する肉体を露わにしながら、葡萄収穫の荷車の間から抜け出して姿を消した。全員が囲い場に駆けつけ、彼女がミロン・デ・ラ・アルノーヤと合流するのを見た。後になって話されたことによれば、極道者は三つ編みを摑んで山の洞窟に彼女を引き摺《ず》ってゆき、何人かは空中にサタンの翼を感じたということだった。私に見えたのはただ、日が暮れ月が出た頃、糸杉の上にいた一羽の梟《ふくろう》だけだった。

手本

Un ejemplo

アマーロはその当時山で苦行生活を送っていた聖なる隠者だった。とある午後に祈っていると、街道を行く全身埃まみれの男が遠くに見えた。聖なる隠者は高齢で、目は疲れて相手を認識できなかったが、日没の黄金に包まれ世界を旅するあの道行く人が何者であるかを心が教えてくれたので、地面から跳び上がり、走りながら訴えかけた――

「師よ、悲しき罪人をお待ちください！」

道行く人は、まだ遠くを進んでいたが、その声を聞いて足を止め待った。アマーロは息を切らせながら辿り着くと、着くなり跪いて相手のマントの縁飾りに口づけをした。彼の心がこの道行く人こそ我らが主イエスキリストであると告げていたからである。

「師よ、私めにお供をお許しください！」

主イエスキリストは微笑んだ。

「アマーロ、かつてそなたは私と共に来て、離れていったではないか」

聖なる隠者は罪あることを感じ、頭《こうべ》を垂れた。

「師よ、お許しください！」

主イエスキリストは十字架の釘で打ち抜かれた右手を上げた。

「そなたは許されている。ついてきなさい」

そして主は道行きを続けられたが、その道は太陽が沈みつつある彼方まで延びてゆくようで、その瞬間かの聖なる隠者は気持ちが萎《な》えるのを感じた。

「歩いて行かれる場所はとても遠いのでしょうか、師よ？」

「私が向かっている場所は、近いと同時に、遠い……」

「私には理解できません、師よ！」

「いかにすればそなたに、あらゆるものは決して辿り着くことのできない彼方にあるか、さもなくば心の中にあるかだと伝えることができようか？」

アマーロは長い溜息をついた。前夜を徹して祈り過ごしており、長く厳しいものになると予感し始めたその日の道程の途中で力尽きるのではないかと怖れていた。道は刻一刻より狭くなり、並んで歩くことができないので、聖なる隠者は師の後を進んだ。時は夏、鳥たちは既に巣に引き揚げ枝の間で歌っており、牧者たちは羊の群を追い立てながら山から下っていた。アマーロは高齢で気短だったので、埃と、疲れと、乾きの苦しみを訴え始めるのに、さして時間はかからなかった。主イエスキリストは天国を罪人に垣間見せるかの如きあの微笑みを浮かべて耳を傾けていた。

「アマーロ、私と共に来る者は私の十字架の重みを担わねばならぬのだ」

そこで聖なる隠者は言い訳をしながら苦痛を訴えた。

「師よ、貴方《あなた》も私のように老い衰えれば、同じように苦しみを訴えるに違いありません」

主イエスキリストは、道に生える棘に引き裂かれ、サンダルの中で血を流す神聖なる御《お》御足《みあし》を彼に見せて、歩き続けた。アマーロは疲労の溜息をついた。

「師よ、もうこれ以上は無理です！」

そうして連玉《レダマ》が生い茂る雑草だらけの低地を抜けてやって来る一人の若者を見て、彼を待とうと座り込んだ。主イエスキリストも足を止めた。

「アマーロ、もうひと頑張りで村に着くぞ」

「主よ！　ここに私を置いていってください！　御覧の通り私はもう百歳で歩けません。あそこを来るあの若者は近くに家畜小屋を持っているでしょうし、そこで夜を過ごさせてくれるよう頼んでみます。私には村ですることなど何もありません」

主イエスキリストはいとも厳しく彼を見た。

「アマーロ、村では悪魔に取り憑かれた一人の女が、何年もの間治してもらうのを待っているのだ」

主が口を閉ざすと、日暮れの静寂《しじま》に身の毛のよだつような悲鳴が幾度か感じられた。アマーロはぎょっとして、腰を下ろしていた石から立ち上がり、主イエスキリストの後を歩いてついて行った。村に着く前に月が出て、何本かの糸杉のてっぺんを銀色に照らしたが、そこでは別の聖なる隠者が三〇〇年前陶然と聞き入ったあの妙《たえ》なる小夜啼鳥《ナイチンゲール》が隠れ歌っていた。遠くではごく微《かす》かに水晶の如く川が震え、眠り込んだ空の星々を川底で運んでいるかのようだった。アマーロは嘆息した。

「師よ、この場所で休むことをお認めください」

すると再びいとも厳しく主イエスキリストは答えた。

「村で叫んでいる女が休めぬまま過ごしてきた日数を数えるがよい」

その言葉と共に小夜啼鳥の歌が止《や》み、突如起こった突風に乗って、悪魔に取り憑かれた女の叫びと、小さな畑を守る犬たちの吠え声が通った。すっかり夜になっていて、蝙蝠が道の上を、ある時は月明かりの中、ある時は枝の暗がりを飛んでいた。しばしの間黙ったまま歩いた。村に到着しかけた時、鐘が独りでに鳴り出したが、それは主イエスキリストがやって来たという報《しら》せだった。月を覆っていた雲は消え去り、銀光が枝の間を抜けて道を照らし、巣で眠っていた鳥たちは目を覚まして讃歌を歌い、埃の中では神聖なるサンダルの下で薔薇と百合が花開き、大気中がその芳香で満ちた。ほんの僅か足を進めたところで、道端に横たえられた、悪魔に取り憑かれた女を見つけた。主イエスキリストは足を止め、その目の光が恩寵の如く落ちた。貫かれた両手を差し伸べながら言った。

「女よ、立ちて家に戻るがよい」

女は立ち上がり、呻《うな》りながら、頭髪を指で掻き毟《むし》りつつ、村に向かって走った。彼女が道をずっと進んで姿を消すのを見ながら、聖なる隠者は嘆いた。

「師よ、なぜこの場で健康を取り戻させなかったのですか？　何のためにさらに遠くまで行かねばならないのですか？」

「アマーロ、それはこの場所にあの女を放置した信仰心のない人々をもこの奇蹟が教化するためにだよ！　ついてきなさい」

「師よ、私のことにも御心をお痛めください！　どうして他にも奇蹟を起こし、私の老いた脚が疲れを感じないようにしてくださらないのですか？」

師は一瞬悲しげに考え込んでいた。それから呟いた。

「かくあれかし！……行きてあの女を治すがいい、力を得たのだから」

すると聖なる隠者は、長きにわたる年月背中を丸めて歩いていたのが、悦びに溢れ、如何なる疲労からも解放されて背筋を伸ばした。

「ありがとうございます、師よ！」

そしてマントの端を手に取って口づけした。そして屈《かが》み込んだ際に、足下の埃を血に染める神聖なる御御足を見たので、恥じ入り心を痛めて呟いた。

「師よ、御身の傷を癒やさせたまえ！」

主イエスキリストは微笑みかけた。

「できないのだよ、アマーロ。苦痛が私の法であることを人々に教えねばならぬのだ」

こう告げた後に主は道の傍らに跪き、聖なる隠者が去って行く間祈り続けた。取り憑かれた女は、指を髪に絡ませ、隠者の前を走っていた。襤褸《ぼろ》を纏い、毛深く胸の垂れた老婆だった。月明かりの下、銀でできているかの如く見える川岸で、女は息を切らせ立ち止まった。草の上に倒れ込み、身を捩《よじ》り嘆き始めた。聖なる隠者はほどなくその傍らにあり、若者の横溢する活力を感じていたので、女を押さえようとした。だが両手があの罪の肉に触れるや否や、大いに心が動かされた。取り憑かれた女を見ると、月明かりの下、王女の如く美しく東洋の絹を纏っており、その倒錯的な両手が絹服を引き裂いて、白き花の如き両胸を露わにした。アマーロは恐怖を覚えた。血流の若き炎《ほむら》に再び官能の誘惑を感じ、小道の平安を、主イエスキリストと共に世界を歩む者の聖なる疲労を思い出して涙した。女はチュニックをすっかり引き裂いてしまい、彼に裸身を見せていた。アマーロは気を失いそうになりながら必死に周囲を見回し、人気《ひとけ》のない平野の広大さの中に、僅かに牧夫たちに置き去りにされた焚火の熾《おき》だけを認めた。その時師の言葉を思い出した——苦痛が私の法である！

そして体を引き摺《ず》りながら焚火に辿り着き、気力を振り絞って片手を赤い熾に突っ込みながら、もう一方の手で十字を切った。取り憑かれた女は消滅した。夜が明けつつあった。聖なる隠者は手を熾から掲げ、爛《ただ》れた掌に一輪の薔薇が、その傍らに主イエスキリストが生まれるのを見た。

聖　夜
Nochebuena

ガリシアの山でのことだ。私は当時セルティゴの主席司祭様に就いてラテン語文法を学んでおり、司祭館で酷《ひど》い暮らしをしていた。今でも窓の窪みで、涙ぐみ溜息をついている自分が目に浮かぶ。私の涙は窓の下枠の上に開かれたネブリハ*1の文法書に静かに落ちていた。クリスマスの前日で、主席司祭様はあの恐ろしい活用―― Fero, fers, ferre, tuli, latum*2 ――を暗記するまでは夕食を取らせないという罰を私に科していた。

私は達成する望みを一切なくして、聖なる隠者さながら断食することを覚悟しつつ菜園を眺めて気を紛らせていたが、そこでは一羽の黒歌鳥《くろうたどり》が樹齢百年の胡桃《くるみ》の枝を飛び回りながら歌っていた。雲は重々しく鉛色をして、雨の予兆を孕みながらセルティゴ山塊の上に集合しつつあり、牧夫たちは家畜の群に声をかけながら、葦の合羽で頭まで覆って急ぎ足で道を下っていた。虹が菜園の上に架かり、暗色の胡桃林と湿った緑色の銀梅花《ミルト》は、橙色がかった光線の中で震えているようだった。黄昏時に、主席司祭様が菜園を横切った。大きな青い傘の下で背中を丸めて歩いていた。鉄柵のところから引き返してきて、私が窓のところにいるのを見ると、手招きをした。私は震えながら降りていった。彼は私に言った。

「覚えたかね？」

「いいえ、司祭様」

「どうして？」

「とても難しいので」

主席司祭様は善良そうに微笑んだ。

「いいだろう。明日勉強すればいい。今は一緒に教会に来なさい」

軽く小雨が降り出していたので、主席司祭様は傘の中に入れるために私の手を取り、私たちは先に進み出した。教会は近くにあった。ロマネスク様式の平べったい造りの扉で、主席司祭様が仰るところでは、ドーニャ・ウラーカ女王が建てさせたものだった。私は一人聖堂内陣に残り、主席司祭様は侍祭と話しながら聖具納室に入って行き、聖夜の深夜ミサのために万全の準備を整えておくよう忠告していた。少しして私たちは再び外に出た。もう雨は降っておらず、蒼褪《あおざ》めた三日月が悲しげな冬の空に輝き始めていた。道は暗く、馬車の通れない細道で、石だらけで大きな水溜まりがあった。道すがら荷車引きに疲れた対の牛に穏やかに水を飲ませている村のわんぱく坊主をそこかしこで見かけた。牧群を先に立てて山から連れ戻ってくる牧夫たちは、曲がり角で足を止め、羊たちを片側に寄せて私たちを通してくれた。みながキリスト教徒らしく挨拶した。

「神が讃えられてありますように！」

「讃えられてありますように！」

「主席司祭様とそのお連れがいとも幸せでありますように！」

「アーメン！」

司祭館に着いた時はすっかり夜になっていた。主席司祭様の姪のミカエラが、夕食の支度にばたばたしていた。私たちは台所で、竈《かまど》の火の近くに座った。ミカエラが微笑みながら私を見た。

「今日はお勉強はないのね？」

「今日は、ありません」

「ラテン語なんてうんざりよね？」

「本当に！」

主席司祭様は厳しく割って入った。

「おまえたちはラテン語が教会の言語だということを知らないのか？」

主席司祭様が息を整え終えて、神学の知識でいっぱいの長くざっくばらんなお説教で私たちに模範を示されようとした時、窓の下で陽気な貝と騒がしいタンバリンの音がした。夜の闇の中で一人の声が歌った――

俺たちゃここに来た、
俺たちゃここに着いた、
お許しがいただけるなら
俺たちゃここで歌いまする！

主席司祭様が自ら扉を開け放たれ、いつも客を温かく迎えるあの台所を若者の一団が占拠した。彼らは遠くの村からやって来ていた。タンバリンの音に合わせて歌った――

とっても静かにお話しよ、
ゆっくりお歩き、
起こさぬように、
我らが御子を。

我らが御子、
我らがイエス様、
揺り籠もなく灯りもなく
藁《わら》の中で眠っている。

一瞬口を閉ざし、貝とタンバリンの陽気な大騒ぎの中、再び歌い出した——

もしもおいらが田舎っぺの
面《つら》をぶら下げてなかったら、
林檎みたいなあの顔に
口づけ四つするだろに。

通りがかりに見かけた村に
そろそろここから立ち去ろう、
イエス様は寝つかれるところ

俺たちゃ起こしちゃまずいもの。

一同は歌った後、主席司祭様が手ずから収穫されたあの酸《す》っぱく新鮮で健康的なワインをたっぷりと飲み、元気づけられ体も温まり、貝とタンバリンを鳴らしながら去って行った。狭い中庭の階段で彼らの木靴がかたかたいう音がまだ聞こえているうちに、一人の声が吟じた――

この家は石造り
悪魔が素速く建ててくれた、
主席司祭とその姪が
一緒におねんねできるよう。

その小唄《コプラ》を聞くと、主席司祭様は眉を顰《ひそ》めた。ミカエラは激怒して背筋を伸ばすと、昔ながらの林檎のコンポートが煮えていた大きな両手鍋《ペロル》を放置して、窓に駆け寄り怒鳴った。
「悪口ばかり言って！……礼儀知らずが！……道で怒り狂った狼に出くわすがいい！」
主席司祭様は口を噤《つぐ》んだまま、爪で葉巻を刻み掌でその粉を擦りながら歩き回っていた。

終わると火のところにやって来て、燃えさしを一つ引き出すと、蠟燭代わりにそれで火を点けた。その時になって、白髪の伸びた眉の下の不機嫌な目を私に留めた。私は震えた。主席司祭様は私に言った。

「何をしている？　ネブリハを探しに行きなさい」

私は溜息をつきながら台所を出た。かくしてセルティゴの主席司祭様の家での聖夜は終わりを告げた。Q. E. S. G. H.[*3]

＊1――アントニオ・デ・ネブリハ（一四四一－一五二二）。スペインの聖職者で、初めてカスティーリャ語（スペイン語）の文法書を作ったことで知られる。

＊2――ラテン語の動詞 ferō の活用。

＊3――「聖なる栄光の中にあらんことを Que En Santa Gloria Haya」の略。死者の冥福を祈る言葉。

祈り

折々に様々な場所で書かれ、忘れられて果てるはずだったこれらの短篇を愛情深い
心遣いの下に纏めてくれたのは、今は亡きある女友達だった。ある日、
多くの年月が過ぎての後、彼女がそれを渡してくれた時、そこ
にその両手のこの世のものならぬ芳香が感じられると
思った。今は冷たき哀れな両手よ、そなたら
が今再びこれらの頁に芳しき匂いを
帯びさせることができたなら、
どれほど嬉しい
ことか
！

訳者あとがき

スペイン北西部、ポルトガルの北に位置するガリシア地方については、世界遺産にも登録され近年日本でも人気の高いサンティアゴ巡礼路の最終目的地、サンティアゴ・デ・コンポステーラを擁することもあり、昔に比べて何となくイメージがあるという人も増えているのではないだろうか。山がちで比較的緑が多く、日本では東北の太平洋岸に見られるリアス式海岸の名前の由来となったリアと呼ばれる山に切り込むような河口部に漁村が点在するガリシア地方の風景が、どこか日本を彷彿とさせるという人も多い。本書はそんなガリシア地方を舞台としたスペインの作家ラモン・デル・バリェ゠インクラン（一八六六－一九三六）の短篇集 *Jardín Umbrío: Historias de santos, de almas en pena, de duendes y ladrones* 一九二〇年版の全訳である。

バリェ゠インクランが文学者として活動を始めたのは一八八〇年代半ばからで、本書を一読いただければわかるように、退廃・暴力・官能を凝った華麗な文体で描くいわゆる世紀末文学風の小説および戯曲で高く評価されている。小説の代表作である『ソナタ』四部作（一九〇二‐〇五）と『独裁者ティラノ・バンデラス』（一九二六）は日本語訳があるが、前者は現在入手が困難であり、翻訳された戯曲がないのは何といっても残念である。『ボヘミアの光』（一九二〇）や『聖なる言葉』（一九一九）のような代表作は、スペインではほぼ毎年どこかで上演されているような人気作であり、映画化・ドラマ化された作品も多い。戯曲を書籍の形で読む習慣がなく「売れない」と敬遠される日本だが、本書収録作である「夢の悲劇」「夢のコメディア」や、訳者大楠栄三氏が「戯曲体小説」と評する『ティラノ・バンデラス』を読んでもわかるように、登場人物が繰り広げる言葉のやりとりを重視するバリェ＝インクランにとって、散文と戯曲はそれほどかけ離れた媒体ではない。対話が中心ではない他の作品でも、朗読に適したリズミカルで響きの高い文体が特徴となっている。

バリェ＝インクランの生涯については、『ティラノ・バンデラス』巻末に大楠氏が付された詳細な年譜を参照いただきたいが、ここでは本書を読む上で重要なところのみ簡単に紹介しよう。バリェ＝インクランはガリシア地方ポンテベドラ県の港町に、両親とも小貴族につながる裕福な家で生まれた。父は自由主義者だが母方は保守主義、かつ後に述べるカルリスタ戦争にも関わっていたという家系には、一九世紀のカルリスタ戦争を経て一九三〇年代の内戦にまでつながるスペインの二つの分裂する志向がそのまま反映されており、本書でもその葛藤が大きなテーマとなっている。豊かな家庭で育ったこともあり、バリェは学業を放棄してジャーナリストとして活動するようになり、当時のスペイン人作家としては珍しく二〇代半ばでメキシコに渡り一年間記者生活を送っている。しかし血気盛んでスペインでもメキシコでも何度も喧嘩や決闘沙汰に巻き込まれ、一八九九年には喧嘩で負った怪我が原因で左腕を失っている。放蕩無頼、喧嘩っ早く国境を超えて活動する自由主義者というバリェ自身の側面は、『ソナタ』の主人公ブラドミン侯爵や、本書収録作の幾つかの主人公や重要な脇役にも投影されている。

さて、バリェの母方と関連深く、本書収録作の多くの背景ともなっているカルリスタ戦争については、やや詳細な説明が必要だろう。一九世紀初頭、ナポレオン軍の侵入を受け一時は傀儡政権を立てられたスペインでは、適切な対応の取れない中央政府に業を煮やして各地で評議会《フンタ》が結成され、義勇軍が蜂起。ゲリラ戦を展開してフランス軍を追い払い独立を回復するに至った。ゲリラという言葉自体元々スペイン語の「戦争《ゲラ》」に縮小辞がついた「小戦争《ゲリラ》」が語源で、このスペイン独立戦争がきっかけで世界に広まったものだ。しかしこの間、政治的混乱の中で中南米の植民地の大部分がスペインから独立、日の沈むことのないと謳《うた》われた大帝国は一気にヨーロッパの弱小国に転落した。その危機感もあり政治経済の自由主義改革とフランス型の中央集権を推し進めることで退勢を挽回しようというマドリッドの中央政府に対して、ゲリラ戦の功績も記憶に新しく旧来認められてきた地方特権《フエロ》を維持し自治を守ろうとするバスクやカタルーニャを中心とした一派の間で対立が激化してゆく。

これに加わったのが、自由主義と保守主義の間で揺れながら王権を維持してきたフェルナンド七世の死（一八三三）である。フェルナンドは一八世紀以来のブルボン（スペインでは「ボルボン」）朝が従っていた女子の王位継承を認めないサリカ法を無効とし、実子である イサベル二世に王位を継承させた。フェルナンド七世逝去時、イサベル二世はまだ三歳であり、母のマリーア・クリスティーナが摂政につき、国外ではイギリス、フランス、ポルトガルの支持を得て、自由主義・中央集権路線の改革を推し進める。これに対してポルトガルに追われていたフェルナンドの弟ドン・カルロスが、サリカ法に従えば王位はカルロス五世として自分が継ぐものと主張、マドリッドに戻る。国外ではロシア、オーストリア、プロイセン、ローマ教皇庁の支持を得、国内ではバスク、自由主義貿易で利を得ていたバルセローナ周辺を除くカタルーニャ、そしてガリシアといった中央集権に反対する北部地域がカルロス支持に回った。かくして一八三三年一〇月に内戦が勃発、カルロス主義者・カルロス支持者を意味するカルリスタの名前を冠して、第一次カルリスタ戦争と呼ばれることになる。

第一次カルリスタ戦争は当初、独立戦争時のサラゴサ戦（ヤン・ポドツキの傑作幻想小説『サラゴサ手稿』の背景）でフランス軍と戦ったこともある勇将スマラカレギの活躍もあり、カルリスタ軍に勢いがあった。ゲリラ戦の特性上、スマラカレギは捕虜を取らない、即ち敵兵は降伏した者も皆殺しにするという苛烈《かれつ》な指示を出し、政府軍を恐れさせた。しかし三五年にスマラカレギが戦死して以降一進一退の戦況が続き、三九年にはフエロの維持を政府に提言することなどを条件とする休戦協定、ベルガラ協定が結ばれる。これを受けてドン・カルロスはフランスに亡命。協定に反対するカルリスタの一派はこれを「ベルガラの背信」と呼んで抵抗を続けたが、退勢は挽回できなかった。一八四一年になると中央政府はフエロ改正法を制定してフエロ廃止を進め、北部の不満は高まってゆく。その結果イサベル二世の成人・結婚に際し彼女との結婚を噂されていたドン・カルロスの息子カルロス・ルイス（カルロス六世）がカタルーニャを中心に起こした第二次カルリスタ戦争（一八四六－四九）、革命によるイサベル二世の退位に続く政治的混乱の中でカルロス・ルイスの甥カルロス・マリーア（カルロス七世）が起こし、再びバスクからカタルーニャ、セビーリャ周辺など広範囲でカルリスタが蜂起した第三次カルリスタ戦争（一八七三－七六）と、一九世紀を通じてカルリスタ絡みの内戦が続いた。皮肉なことに、スペイン内戦（一九三六－三九）においては、保守主義にして中央集権的であったフランコの反乱軍に対して、かつてカルリスタの主な勢力範囲であったバスクやカタルーニャが地方自治を求めて共和国政府側につく一方、政治団体としてのカルリスタは保守主義の立場からフランコ側についた。一九七〇年代にはカルリスタそのものが自由主義的で反フランコ体制の少数派と保守派の親フランコ多数派に分裂し、同じカルリスタを名乗る人々の間で具体的な政治目標が大きく矛盾する状況が明らかになった。現在でも旧カルリスタ系の政治団体は複数存在するが、細かく分裂し弱体化している。

　本書にも描かれる、自由主義と伝統主義が一族の中でも鬩《せめ》ぎ合いつつ、中央政府への対抗心と伝統への誇りによって貴族と庶民がカルリスタ支持で結びついている複雑さは、決してバリエ＝インクランとその一族固有の事情ではなく、カルリスタ戦争に翻弄された一九世紀スペイン北部においては一般的なものだったのである。しかもカルリスタの主たる支持基盤であったバスクやカタルーニャが現在でも独立志向が極めて強い地域であるのに対して、ガリシアは歴史的文化的な独自性への意識は強いが、スペインから独立しようという運動はほぼ存在していない。ガリシアでは地方自治につながるフエロの廃止よりも、それまで貴族の土地所有の基盤となっていた長子相続制《マヨラスゴ》の廃止や、教会の永代所有財産《デサモルティサシオン》の売却が問題となった。これらの政策は不動産売買の活発化とその結果としての土地利用の効率化促進を目指して導入されたものだったが、貴族や教会の弱体化を招いただけでなく、地域住民の互助のために存在していた共有地の解体、ブルジョワ資産家による土地の買い占め、そしてその結果としての経済格差の拡大を引き起こした。これが本書で描かれるように、ガリシアで貴族、聖職者に加えて農民もがカルリスタを支持した原因である。

『暗い庭』について

『暗い庭』はバリェ＝インクランの短篇集としては最も有名かつ重要なものである。バリェは一九〇三年に最初に同題の短篇集を刊行して以降、〇五年と〇八年には『小説風の庭 Jardín Novelesco』と改題して刊行。一四年版ではタイトルを元に戻し、二〇年に生前最後となる決定版を刊行した。この間作品を新たに加え、一部加筆修正を行うなど、短篇集全体の構成を考えながら編集が行われている。現在『暗い庭』といえば通常二〇年版を指し、本書もこれに基づいたミゲル・ディエス＝ロドリゲス校訂のアウストラル文庫版を底本にしている。

以下、ディエス＝ロドリゲスの序文に基づき、収録作の原題と初出をまとめる。

「ファン・キント Juan Quinto」——初出はマドリッドの新聞「エル・インパルシアル」紙一九一四年五月一一日号。間もなく刊行された一四年版『暗い庭』から収録される。

「三賢王の礼拝 La adoración de los Reyes」——初出は「エル・インパルシアル」紙一九〇二年一月六日号。スペインではイエス・キリスト誕生を言祝ぎに東方の三賢王がベツレヘムを訪れたとされる一月六日が公現祭として重要な祝日となっており、長らく一二月二四日ではなくこの日が子供にプレゼントが配られる日となっていた。したがって元々一種のクリスマス・ストーリーとして発表された作品と言える。

「恐怖 El miedo」——初出は「エル・インパルシアル」紙一九〇二年一月二七日号。

「夢の悲劇 Tragedia de ensueño」——初出は雑誌「マドリッド」第一号（一九〇二）。モーリス・メーテルリンクの戯曲『侵入者 L'intruse』（一八九〇）との類似が指摘されている。

「ベアトリス Beatriz」——一九〇〇年にマドリッドの新聞「エル・リベラル」が主催し

た短篇コンクールに「サタン Satanás」と題して送られたが、文学的な高評価にもかかわらず内容が悍《おぞ》ましいという理由で受賞を逃す。カルロス・アルニチェスの同題戯曲をバリェが小説化した『神の顔 La cara de Dios』第七章にほぼ全文が挿入され刊行された後、雑誌「エレクトラ」第二号（一九〇一年三月二三日）に「ベアトリス」と改題されて掲載。一九〇三年短篇集『愛の宮廷 Corte de Amor』に収められたが、一九二〇年版で初めて『暗い庭』に収録される。

「頭目 Un cabecilla」——初出はポンテベドラの雑誌「文学抜粋」一八九三年九月一六日号。日本でも広く知られるプロスペル・メリメの短篇「マテオ・ファルコーネ Mateo Falcone」（一八二九）の影響が指摘されている。

「聖エレクトゥスのミサ La misa de San Electus」——初出は「エル・インパルシアル」紙一九〇五年二月六日号。『暗い庭』には〇五年版から収録。

「仮面の王 El rey de la máscara」——初出はマドリッドの新聞「エル・グローボ」一八九二年一月二〇日号。

「我が姉アントニア Mi hermana Antonia」――初出は一九〇九年、短篇集『白檀の櫃 Cofre de Sándalo』に収録。『暗い庭』には一九二〇年版で収録される。

「神秘について Del misterio」――初出は「エル・インパルシアル」紙一九〇六年四月五日号。『暗い庭』には〇五年版（奥付には〇五年とあるが、実際には一九〇六年半ばに刊行された）から収録。

「真夜中に A media noche」――バルセローナの雑誌「ラ・イルストラシオン・イベリカ」一八八九年一月号に掲載された、バリェにとって初めて刊行された短篇。その後様々な新聞に再掲載された後、〇五年版から『暗い庭』に収録。

「我が曾祖父 Mi bisabuelo」――初出はマドリッドの雑誌「それらの世界に」一九一五年一月号。ほぼ同時に一四年版『暗い庭』（奥付には一四年とあるが実際の刊行は一五年一月）に収録される。E・ラヴォードはおそらくはバリェが書いた最後の短篇としている。

「ロサリート Rosarito」――初出は短篇集『女性たち Femeninas』（一八九五）。その後タイトルも含め修正を加えながら他の短篇集にも収録されてきた。『暗い庭』には一四年版から収録。二〇年版では男性主人公の名前をファン・マヌエル・モンテネグロからミゲル・デ・モンテネグロに改めているが、これは同名だった自身の戯曲の代表作『野蛮なコメディア』三部作の主人公と同一人物と思われるのを避けるためだったとされる。

「夢のコメディア Comedia de ensueño」――初出はマドリッドの雑誌「それらの世界に」一九〇六年四月号。既に記したように実際には〇六年半ばに刊行された〇五年版から『暗い庭』に収録。

「ミロン・デ・ラ・アルノーヤ Milón de la Arnoya」――初出は「エル・インパルシアル」紙一九一四年六月二二日号。『暗い庭』には一四年版から収録。

「手本 Un ejemplo」――初出は「エル・リベラル」紙一九〇六年三月一三日号で、〇五年版より『暗い庭』に収録。

「聖夜 Nochebuena」——初出は「エル・インパルシアル」紙一九〇三年一二月二四日、即ちまさにクリスマス当日の刊行であり、当初は「幼時の思い出」と副題がついていたため、エッセイとして読まれることが意識されていたと考えられる。『暗い庭』には〇五年版から収録される。

さて、このように四半世紀にわたって執筆され様々な媒体に発表された短篇を、最終版までに一五年の歳月をかけて選別し組み合わせて成立した一九二〇年版『暗い庭』は、バリェ＝インクランらしい幾何学的な構成や凝った仕掛けによって、あたかも最初からこの形で構想され執筆されたかのような、緊密な結びつきを示している。「ベアトリス」「我が姉アントニア」「ロサリート」の三中篇を区切りとして、短い序と結語で挟まれた短篇三・戯曲一・中篇・短篇三・中篇・短篇三・中篇・戯曲一・短篇三という対称構造。三つの中篇では「第〇章」という章立ての「ベアトリス」「ロサリート」がローマ数字をセクションの頭に配する「我が姉アントニア」を挟み、やはり対称構造になっている。全ての作品が最終的にはガリシア地方と結びつくが、嬰児《みどりご》イエス誕生時のベツレヘムを舞台としていたはずが最後に情景がガリシアに変化する「三賢王の礼拝」と、背景こそガリシアだがイエスが現れ物語展開は時空を超越しているような「手本」は、それぞれ始めと終わりから二番目に配されている。こうした幾何学的な構成は『ティラノ・バンデラス』でも用いられており、バリェならではのこだわりと言える。なお「三賢王」がガリシア舞台ではないかのような始まり方をする関係で二番目に回されたため少しずれているが、「三賢王」と最後に配された「聖夜」は共にクリスマス・ストーリー、しかも「聖夜」はスペインでのクリスマス休暇の始まりである一二月二四日を、「三賢王」は終わりである一月六日を題材としており、厳密には「ファン・キント」が外れてしまうが、休暇の終わりから始まりまでの一年間に全篇が収められるという工夫も凝らされている。

内容的には幻想や怪奇と暴力・エロティシズムが一貫したモティーフとして扱われている。女性の名を表題とした三中篇のように、いかにも一九世紀末的な女性へのエロティックな暴力が反復される一方、「神秘について」の父、「我が曾祖父」の曾祖父、そして「ロサリート」のドン・ミゲルのような、暴力的で危険だが魅力的な「宿命の男」が繰り返し登場するのは、マリオ・プラーツが古典的名著『肉体と死と悪魔』において言及した数少ないスペイン作家の一人たるバリェの面目躍如たるところだ（プラーツが言及しているのは『ソナタ』四部作だが）。戯曲形式の二作のうち、うらぶれた地方風俗の中で展開される物悲しい「夢の悲劇」は、W・B・イェイツやガルシア＝ロルカ（バリェは晩年ロルカの代表作『イェルマ』のリハーサルに出席している）、日本でも上演されたアレハンドロ・カソーナの『暁の女』を想起させる。他方「夢のコメディア」は、小人に幽閉された女性への暴力を華麗な文体で描くという点で、バリェも（そしてボルヘスも）影響を受けたラテンアメリカ発の文学運動モデルニスモの代表者、ニカラグア出身のルベン・ダリーオのこれまた代表短篇「ルビー」を思わせると共に、終盤では聖杯探索のイメージも重ねられてゆく。

短篇同士でもイメージやモティーフが巧みに重ねられ、元々そのように構想されていたかのような緊密な結びつきが生み出されている。牧歌的な情景から不吉な暗示のラストへと展開する「ファアン・キント」「三賢王の礼拝」は、共に穏やかなガリシアの田園風景を背景としている。続く「恐怖」は閉鎖的なゴシック的空間を舞台に展開するが、教会内部の装飾として三賢王の礼拝が登場することで連続性を担保する。「ファアン・キント」で描かれていた、貴族の血統を誇りとしながら犯罪を犯して平然としている高貴ならず者像は、様々な作品で変奏された末に、「ミロン・デ・ラ・アルノーヤ」で突き放して描かれて姿を消す。盗人と坊主のコミカルなやりとりと思わせ、ラストの強盗殺人で以後の不吉な物語群を暗示させる「ファアン・キント」に始まり、徐々に怪奇と暴力の色彩を強めていた一連の作品は、カーニバルの祝祭が不気味な結末に転ずる「仮面の王」の後、同じ不吉な展開を予想させながらもしたたかな笑いで終わる「聖夜」を巻末に置くことで、全体を過ぎ去りし時代への惜別の念へと結びつけ、それが「祈り」につながり幕引きとなる。

作中に共通して現れる地名は、収録作品を結びつけるだけでなく、『野蛮なコメディア』三部作と結びつくモンテネグロという名字や、『ソナタ』四部作の主人公ブラドミン侯爵を想起させるブラドミンという地名などによって、他のバリェ作品との関連も示唆している。ただし本書収録作に繰り返し現れる「私」が、どこか似ていても必ずしも全て同一人物ではないように、微妙なずれが設定されているのも面白い。なおあとがき冒頭でも記したように、現在ガリシアと言えばサンティアゴ巡礼路との関係で有名だが、この巡礼路は近世に廃れて以降、二〇世紀後半にブームになるまでは、あまり目立った存在ではなくなっていた。本書において巡礼への言及がほとんどないのはこのためである。

以上のように本書は、世紀末文学らしい華麗で残酷なタッチ、ガリシアの風景、カルリスタ戦争やガリシア社会の閉塞性といった歴史・社会事情、そして収録作以外の作品にも広がるような目配せによって、バリェ作品のエッセンスを凝縮したものとなっている。本書がバリェの代表作の一つとされているのも、頷ける次第である。

本書収録作の既訳を含むバリェ作品の邦訳には以下のものがある。

「怪談　女と黒猫」(「我が姉アントニア」の翻訳。笠井鎮夫編訳『西班牙綺譚』三学書房、一

九四〇年　所収）
「我が姉アントニア」（堀内研二訳、神代修ほか編『世界短編名作選　スペイン編』新日本出版社、一九七八年　所収）
『春のソナタ』『夏のソナタ』『秋のソナタ』『冬のソナタ』（吉田彩子訳、西和書林、一九八六‐八八年）
「ベアトリス」「神秘について」（堀内研二訳、東谷穎人編『スペイン幻想小説傑作集』白水社、一九九二年　所収）
『独裁者ティラノ・バンデラス』（大楠栄三訳、幻戯書房、二〇二〇年）

本訳書は Ramón del Valle-Inclán, *Jardín Umbrío: Historias de santos, de almas en pena, de duendes y ladrones*. Edición de Miguel Díez Rodríguez, Madrid: Espasa Calpe (Colección Austral), 1946. を底本とした。先人の訳業は学生時代から目を通しているので無意識裡に参考にしているとは思うが、直接横に置いて自分の訳と比較することは避けた。あとがきの執筆には、底本のディエス＝ロドリゲスによる解説の他、『独裁者ティラノ・バンデラス』の大楠栄三氏による年譜・解説、カルリスタ戦争について日本語で読める数少ない書籍である石塚秀雄『カルリスタ戦争　スペイン最初の内戦』（彩流社、二〇一六年）や立石博高編『新版世界各国史16　スペイン・ポルトガル史』（山川出版社、二〇〇〇年）を参考にした。スペイン内戦については比較的多くの日本語文献が刊行されているが、その前段階とも言えるカルリスタ戦争についてももっと日本語で情報が入手できるようになることを期待したい。

本訳書の企画は、二〇年ほど前に遡る。当時まだ健在でいらした恩師の故牛島信明先生が、一九世紀スペイン語文学の選集を企画され、常勤職に就いたばかりだった大楠氏と僕が候補作を絞り、残った四作について一人二作ずつ企画書を作成する任に当たった。この時僕が候補に挙げ、企画書を書いた一つが『暗い庭』であった。ちなみにもう一作は一九世紀キューバの女性作家ヘルトゥルディス・ゴメス＝デ＝アベリャネーダの長篇小説で、当時の女性の立場を黒人奴隷と重ね合わせたことでジェンダー研究・マイノリティ研究などで注目されていた『サブ』だった。しかしそこまで進んだところで牛島先生が急逝され、夫人に出版社との間に入っていただいたものの、企画は流れてしまった。

当時リストに挙げられていた作品の多くが、大楠氏や稲本健二氏のご尽力により現代企画室の「ロス・クラシコス」叢書などから邦訳され刊行されてゆくのを横目に見ながら一人手を拱《こまね》いている状態が続いていたが、今回国書刊行会の伊藤里和さんから何かいい作品はないかと声をかけていただき、遂に形にすることができた。伊藤さんにはホドロフスキー『サイコマジック』に続きお世話になった。ここで改めて感謝の意を表すると共に、故牛島信明先生の墓前に本書を捧げたい。

訳者　識

著者　ラモン・デル・バリェ＝インクラン　Ramón del Valle-Inclán
一八六六年ポンテベドラ生まれ。一九世紀末から二〇世紀初頭のスペイン文学を代表する作家、小説家、劇作家、詩人。一九〇二年から一九〇五年にかけて発表された小説『ソナタ』四部作により作家的地位を築き、モデルニスモやフランス象徴主義の影響を受けた作品を多く発表した。代表作に戯曲『聖なる言葉』（一九一九）、『ボヘミアの光』（一九二〇）、小説『独裁者ティラノ・バンデラス』（一九二六）などがある。マドリッドのバリェ＝インクラン劇場、二〇〇六年創設のバリェ＝インクラン演劇賞は彼の名に因む。スペインのいわゆる「九八年世代」に属する作家で、世紀末趣味に満ち、芸術のための芸術を指向する作品を多く残した。奇抜な風体と奇行で知られ、背徳的な官能や暴力、恐怖といったテーマ、色彩に富み、独特のリズムを持った文体、そしてブラックな、時にナンセンスに近づくユーモアで、独特の世界を創り上げている。一九三六年サンティアゴ・デ・コンポステーラで逝去。

訳者　花方寿行　はながた・かずゆき
静岡大学人文社会科学部教授。専門は比較文学文化、スペイン・ラテンアメリカ文学。著書に『我らが大地――19世紀イスパノアメリカにおけるナショナル・アイデンティティのシンボルとしての自然描写』（晃洋書房）、共著書に今野喜和人編『翻訳とアダプテーションの倫理』（春風社）、訳書にホドロフスキー『サイコマジック』（国書刊行会）、共訳書に『ホセ・マルティ選集1　交響する文学』（日本経済評論社）、フォンターナ『鏡のなかのヨーロッパ』（平凡社）がある。

暗い庭　聖人と亡霊、魔物《ドゥエンデ》と盗賊の物語

二〇二三年六月二〇日初版第一刷印刷
二〇二三年六月二三日初版第一刷発行

著　者　ラモン・デル・バリェ＝インクラン
訳　者　花方寿行
発行者　佐藤今朝夫
発行所　株式会社国書刊行会
〒一七四－〇〇五六　東京都板橋区志村一－一三－一五
電話〇三－五九七〇－七四二一
ファクシミリ〇三－五九七〇－七四二七
URL : https://www.kokusho.co.jp
E-mail : info@kokusho.co.jp
印刷所　創栄図書印刷株式会社
製本所　株式会社難波製本
ISBN : 978-4-336-07515-4 C0097